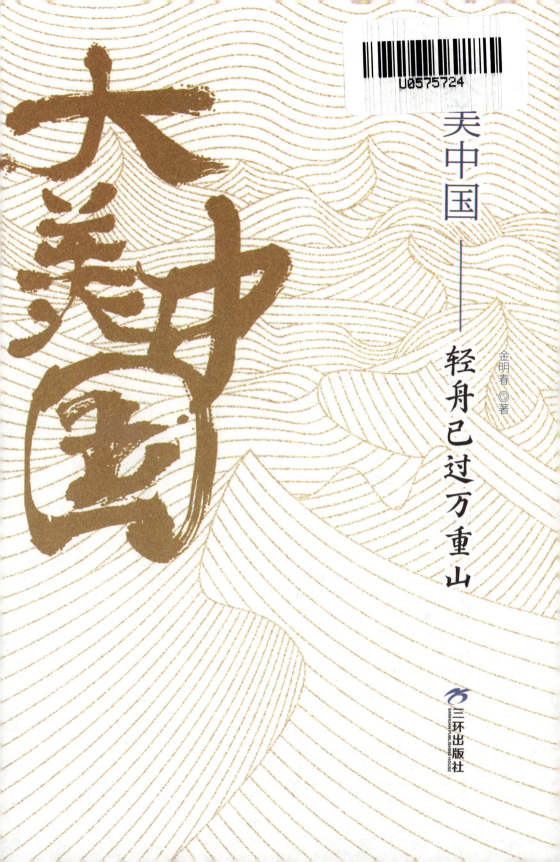

大裂变

天中国

轻舟已过万重山

金明春 ◎ 著

三环出版社
SANHUAN PUBLISHING HOUSE

图书在版编目（CIP）数据

轻舟已过万重山 / 金明春著 . -- 海口：三环出版
社（海南）有限公司，2024.9. -- （大美中国）.
ISBN 978-7-80773-300-3

Ⅰ. I267

中国国家版本馆 CIP 数据核字第 2024KH4156 号

大美中国　轻舟已过万重山
DAMEI ZHONGGUO　QINGZHOU YI GUO WAN CHONG SHAN

著　　者	金明春
责任编辑	张华华
责任校对	孙雨欣
装帧设计	吕宜昌
出版发行	三环出版社（海口市金盘开发区建设三横路 2 号）
	邮　编 570216　邮　箱 sanhuanbook@163.com
社　　长	王景霞　总 编 辑　张秋林
印刷装订	三河市同力彩印有限公司
书　　号	ISBN 978-7-80773-300-3
印　　张	13
字　　数	150 千字
版　　次	2024 年 9 月第 1 版
印　　次	2024 年 9 月第 1 次印刷
开　　本	690 mm × 960 mm　1/16
定　　价	68.00 元

轻舟已过万重山
Contents 目录

中国人心中
最柔软的远方

　　阿勒泰，那不仅仅是一个地名，更是一幅幅生动的画卷，一曲曲悠扬的歌谣。这里，有雪山巍峨，草原辽阔，河流潺潺，每一帧都是大自然的杰作，每一息都散发着淳朴与野性的气息。

　　在遥远的西北边陲，隐匿着一座安逸的小城——阿勒泰。它坐落于阿尔泰山南麓，依偎在准噶尔盆地的北缘，仿佛是大地母亲怀抱中一颗璀璨的明珠。这里，世界明亮而宁静，大地深远而辽阔，每一处风景都是大自然最纯粹的表达。

　　走进阿勒泰，仿佛走进了一幅壮丽的画卷。雪山巍峨耸立，峰峦叠嶂，仿佛是大地的守护神，默默守护着这片净土。在阳光的照耀下，雪山之巅闪烁着耀眼的光芒，让人心生敬畏。密林深处，树木葱茏，枝叶繁茂，低语着岁月的秘密。清风徐来，林间的鸟儿欢快地歌唱，仿佛是大自然的和声，为这片土地增添了无尽的生机与活力。

　　来到阿勒泰，怎能不感受那广袤无垠的草原？草原上，绿草如茵，野花遍地，牛羊成群，悠然自得。在这里，你可以放下所有的烦恼和疲惫，尽情享受大自然的恩赐。躺在草地上，仰望蓝天白云，感受那旷野的风拂过脸颊，仿佛可以吹走所有的忧愁和烦恼。闭上眼睛，做一个香甜的梦，让心灵在这片净土上得到彻底的放松和滋养。

在阿勒泰，你还可以跟随牛羊的脚步，邂逅那天然牧场行走的诗篇。牛羊悠闲地吃草，牧人骑着马儿在草原上驰骋，仿佛是一幅流动的画卷。你可以在这里感受那最原始、最纯粹的生活方式，让心灵得到彻底的净化和升华。

阿勒泰，这片自然眷顾的净土，让我们感受到了大自然的美丽与壮阔。在这里，我们可以吹旷野的风，做香甜的梦，跟随牛羊的脚步，邂逅那天然牧场行走的诗篇。即使生活再颠簸，我们也要闪亮地过每一天，因为这里有太多值得我们去珍惜和感受的美好。

此刻，我想去阿勒泰的心情已经到达了顶峰。我渴望踏上那片土地，感受那大自然的恩赐和魅力。我相信，在那里，我会找到属于自己的诗和远方，找到那份宁静与安详。

晨曦微露，阿勒泰的雪山在朝阳的映照下，宛如仙境。那晶莹剔透的雪花，在阳光的照射下熠熠生辉，仿佛是大自然洒向人间的繁星。山脚下，一片片草原如绿色的地毯向远方铺展，牛羊悠闲地吃草，牧歌在山谷中回荡，让人心旷神怡。

漫步在阿勒泰的草原上，你会被那无边的绿色所包围，仿佛置身于一片绿色的海洋。远处的雪山在蓝天白云的映衬下，更显得壮美而神秘。在这里，你可以感受到大自然的恢宏与壮美，也可以领略到生命的顽强与坚韧。

然而，在这片美丽的土地上，生活并不总是如诗如画。阿勒泰的牧民们，虽然享受着大自然的恩赐，却也时常面临着大自然

的考验。暴风雪、干旱、洪涝等自然灾害时常发生，给他们的生活带来了极大的困扰和威胁。但是，他们并没有因此而退缩，反而更加团结、更加坚韧，用自己的双手和智慧，与大自然抗争，创造出了属于自己的生活。

在阿勒泰的村庄里，你可以看到那些纯朴的牧民，他们脸上洋溢着纯朴的笑容，眼神中透露出对生活的热爱和期待。他们用最原始的方式，放牧、耕作、狩猎，过着简单而充实的生活。在这里，你可以感受到人与人之间的真诚和信任，也可以领略到人与大自然之间的和谐与共生。

阿勒泰的风景是美丽的，但更美丽的是这里的人们。他们用自己的方式诠释着生命的真谛和生活的意义。在这里，你可以找到内心的平静和宁静，也可以感受到生命的力量和勇气。

阿勒泰，一个充满诗与远方的地方。这里不仅有绝美的风景，更有纯朴的人。在这里，你可以领略到大自然的壮美与神秘，也可以感受到人与人之间的真诚与信任。让我们一起去阿勒泰吧，去感受那里的风景、那里的人、那里的生活，去领略那份天然平和与大自然的考验交织的别样风情。

游牧民族的摇篮。

在伊犁，在巩乃斯，在喀拉峻，在唐布拉，在赛里木湖，在果子沟……那拉提大草原，昭苏大草原，我一次次被那辽阔的旷野、苍茫的雪山、浩荡的河流所震撼，所感动。我一次次地徜徉在巩乃斯河畔，看着落日余晖在波光粼粼的河面上铺金流银，在山谷中悠扬回响的牧歌中，感受着哈萨克族牧民古老、纯粹的生活秩序。

新疆北部游牧地区的哈萨克族牧民，大约是这个世界上最后一支相对纯正的游牧民族了。他们逐水草而居，随着季节和草场生长周期，一年到头频繁迁徙，周而复始。我走近他们，想深入了解他们的生活。

那是新疆北疆最炎热的一个夏天，我跟随哈萨克族牧民从昭苏出发，前往夏牧场。一路上，牧民们骑着马，驮着帐篷、毡房、锅碗瓢盆，以及羊群、牛群、马群，浩浩荡荡，绵延数十公里。天空湛蓝，白云悠悠，草原如绿色的地毯向远方铺展。牧歌在山谷中回荡，牛羊在草地上悠闲地吃草。

在转场途中，我遇见了一个特别的场景。一只红色彩漆的摇篮里，躺卧着一个婴儿和一只羊羔。婴儿裹着厚厚的毛毯，睡得香甜；羊羔则好奇地四处张望，不时发出"咩咩"的叫声。牧民们告诉我，这是他们转场时的一种习俗，叫作"带羔"。他们认为，婴儿和羊羔都是生命的开始，都是纯洁的、需要呵护的。他们希望婴儿能像羊羔一样茁壮成长，也希望羊羔能带给婴儿好运和吉祥。

揭开摇篮上盖着的毯子，两颗小脑袋并排着一起探了出来。婴儿的眼睛清澈明亮，好奇地看着这个世界；羊羔则亲昵地蹭着婴儿的脸颊，仿佛在诉说着什么。这一幕让我感受到了生命的奇妙和温暖。

走进阿勒泰，你的面前就是一片自由的广阔天地。你可以骑马在草原上奔驰，感受风从耳边呼啸而过的快感；你可以躺在草地上仰望星空，感受宇宙的浩瀚和神秘；你可以聆听牧歌的回荡，感受哈萨克族牧民对生命的热爱和对大自然的敬畏。

在这片土地上，你会得到快乐、丰盈、沉静的力量。你会感受到生活的简单和纯粹，你会被这里的美景所打动，被这里

的人文所感动。远离城市的喧嚣和浮躁，你会找到内心的平静和宁静。

李娟曾说，这荒野真是不讲道理。但慢慢地，这荒野又会让你觉得自己曾努力去明白的那些道理也许才是真正没道理的。每当抬头看到这太阳，都好像是有生以来第一次看到一样——心里微微一动，惊奇感转瞬即逝，但记起现实后的那种猛然而至的空洞感却难以愈合。没有月亮，外面漆黑一团。但星空华丽，在世界上半部分兀自狂欢。星空的明亮与大地的黑暗断然分割。漫长的劳动使阿拉哈克的土地渐渐睁开了眼睛。它看到了我们，认清我们的模样，从此才真正接受了我们。我所了解的这片土地，是一片绝大部分才刚刚开始承载人的活动的广袤大地。在这里，泥土还不熟悉粮食，道路还不熟悉脚印，水不熟悉井，火不熟悉煤。

哈萨克族牧民的生活虽然艰辛，但他们却乐在其中。他们用自己的勤劳和智慧，创造了一个属于自己的世界。他们热爱大自然，敬畏生命，尊重传统。他们的生活虽然简单，但充满了幸福和满足。

李娟曾经说过，世界就在手边，躺倒就是睡眠，嘴里吃的是食物，身上裹的是衣服，在这里，我不知道还能有什么遗憾。星空清澈，像是封在冰块中一样，每一颗星子都尖锐地清晰着。满天的繁星更是寂静地、异样地灿烂着。而夜那么黑，那么坚硬……这样的星空，肯定是和别处的不一样。在曾经的经验里，繁华明亮的星空应该是喧哗着的呀，应该是辉煌的，满是交响乐的……

在这个世界上，总有一些地方，一些人，让我们感受到生活的美好和温暖。新疆北疆的哈萨克族牧民就是其中之一。他们用自己的方式诠释着生命的真谛和生活的意义。让我们一起去感受他们的世界吧！

阿勒泰的芦苇与湖泊。

在阿勒泰，有一片被时间遗忘的净土。无风之时，这里的芦苇，如同清扬的少女小合唱，轻柔而和谐。它们身姿挺拔，绿意盎然，与湖面的倒影相互辉映，仿佛是天空与大地的绝美和声。此刻，每一个细微的叶片都如同少女的嘴唇，轻声低语，讲述着千年的传说与故事。

然而，当有风吹过，这片芦苇地便立刻活跃起来。芦苇们成了主旋律，摇曳生姿，随风起舞。它们的声音高昂而热烈，仿佛在歌唱着生命的不朽与大自然的伟大。而此刻的倒影，则化作和弦，与芦苇的旋律相互交织，共同奏响了一曲壮丽的交响乐。

在这圆满的倒影世界中，远处的雪峰却显得单调乏味。它们高耸入云，却冷漠而寂静，仿佛是大自然中的孤独守望者。而戈壁滩、荒山更是毫无浪漫可言，它们苍凉而荒芜，见证了时间的流逝与历史的变迁。

然而，就在这片看似冷漠与苍凉的大地上，却有一片湖泊如同被明净的玻璃封住了一般。湖水清澈见底，波澜不惊，仿佛是大自然的一颗璀璨明珠。它静静地躺在那里，宁静而脆弱，宛如一个沉睡的美人。在阳光的照耀下，湖面波光粼粼，闪烁着金色的光芒，宛如一幅精美的油画。

这片湖泊，仿佛被时间封住了一般，它见证了阿勒泰的沧桑与变迁，却始终保持着自己的宁静与美好。它如同一个诗人，用自己的清澈与宁静，诉说着大自然的诗意与画意。

在这片湖泊旁，我仿佛感受到了大自然的力量与魅力。它让我忘却了尘世的喧嚣与纷扰，让我沉浸在这份宁静与美好之中。我仿佛成了一个诗人，用自己的笔触，描绘着这片湖泊的诗意与画意。

阿勒泰的芦苇与湖泊，是大自然的杰作，也是我心中的诗与远方。它们让我感受到了大自然的美丽与力量，也让我更加珍惜与热爱这个世界。

阿勒泰的美食，以其独特的草原风味和民族特色，吸引着无数游客的味蕾。

作为阿勒泰最具代表性的美食之一，手抓羊肉选用优质的草原羊肉，经过精心烹制，肉质鲜嫩，香味四溢。这道菜肴不仅是美味的佳肴，更是一种独特的饮食文化体验。在阿勒泰，烤全羊是一道非常隆重的菜肴。整只羊经过腌制后，放在火上慢烤，外皮金黄酥脆，肉质鲜嫩多汁，让人回味无穷。阿勒泰的羊肉串选用上好的羊肉切成块，穿在竹签上炭火烤制。肉质鲜嫩，香辣可口，是阿勒泰夜市的热门小吃。哈萨克土豆烧牛肉，这是一道融合了哈萨克族独特风味的佳肴。选用优质的牛肉和土豆，经过精心炖煮，味道鲜美无比，深受食客喜爱。包尔萨克，这是阿勒泰的一种特色面食。面团经过发酵后炸制而成，外皮金黄酥脆，内部柔软香甜，既可当主食也可当零食。此外，阿勒泰的美食还包括清炖羊肉、新疆大盘鸡、羊肉焖饼、骆驼奶酒等，每一种都有其独特的风味和制作工艺。

阿勒泰的文化底蕴深厚，其中游牧文化是最具特色的部分。阿勒泰地区的牧民仍保留着春夏秋冬四个牧场，每年从春至冬，由南往北再往南迁移往复，行程少则几十公里，多则上千公里。

这种独特的放牧方式适应了当地脆弱的高山草地自然生态系统。近年来，随着牧道、中转站等基础设施的完善，越来越多的牧民选择机械化转场方式，提高了效率，降低了损失。阿勒泰是哈萨克族的主要聚居地之一，哈萨克族的文化在这里得到了充分的展示。哈萨克族的音乐、舞蹈、服饰等都具有浓郁的民族特色，如哈萨克族的"姑娘追"等传统活动，不仅深受当地人民的喜爱，也吸引了众多游客前来观赏。阿勒泰地区旅游资源丰富，包括喀纳斯、可可托海、禾木等著名景区。这些景区不仅自然风光优美，还融合了哈萨克族等民族的文化元素，形成了独特的旅游文化。游客在欣赏美景的同时，也能感受到浓郁的民族风情。

阿勒泰的美食和文化独具特色，既有草原的粗犷和豪放，又有民族的细腻和精致。无论是品尝美食还是感受文化，都能让人流连忘返。

阿勒泰，这片神秘而美丽的土地，犹如一位天赋异禀的画家，以其复杂多样的地形地貌为画布，用四季的变换为画笔，绘制出一幅幅令人叹为观止的自然风光画卷。

　　春日来临，阿勒泰的大地苏醒。层层叠叠的泰加林，仿佛是大地的绿色长裙，随风摇曳，生机勃勃。新生的嫩叶在阳光的照耀下闪烁着绿色的光芒，仿佛是大自然在诉说着生命的奇迹。广袤的草原上，野花竞相开放，五彩斑斓，与蓝天白云相映成趣，构成了一幅美丽的春日画卷。

　　夏日炎炎，阿勒泰的河流成了人们避暑的好去处。蜿蜒的河流宛如一条银色的丝带，在草原上穿梭流淌，带来阵阵清凉。河水清澈见底，鱼儿在水中自由游弋，河岸边，杨柳依依，绿意盎然。站在河边，望着这如诗如画的景色，心中不禁涌起一股宁静与安逸。

　　秋日降临，阿勒泰的大地被染成了一片金黄。泰加林的树叶逐渐变黄，仿佛是大地的金色披风，在秋风中翩翩起舞。草原上的牧草也变成了金黄色，与蓝天白云交相辉映，形成了一幅绝美的秋日风景画。清晨的雾气如纱般缭绕在山间，给这片土地增添了几分神秘与朦胧。

　　冬日来临，阿勒泰的大地披上了银装。苍茫的白雪覆盖了山川、草原和森林，一切都被这洁白的颜色所包裹。在这片纯白的世界中，偶尔有雪狐穿梭其间，给这片寂静的土地带来了一丝生机。站在雪地上，望着这银装素裹的景色，心中不禁涌起一股敬畏与赞叹。

　　阿勒泰的四季，每一季都有它独特的魅力。春日的生机、夏日的清凉、秋日的金黄、冬日的洁白，这些元素交织在一起，构成了一幅幅美丽的画卷。在这里，你可以找到关于新疆的所有典型和美好想象，无论是泰加林的茂密、草原的辽阔、河流的蜿蜒，还是晨雾的朦胧、白雪的苍茫，都能在这里找到它们的

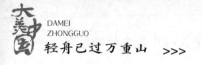

影子。

阿勒泰的四季，犹如大自然的四重奏，奏出了一首首壮美的赞歌。在这里，我们不仅能感受到大自然的鬼斧神工，更能感受到生命的美好与宁静。让我们用心去感受这片土地带给我们的美好与感动吧！

在群山环抱之中，有一个静谧而美丽的村落，名为禾木村。它坐落于禾木草原的怀抱中，仿佛是大自然精心雕琢的一颗明珠。周围的山体浑圆而宽厚，如守护神般默默守护着这片净土。清透的空气与时不时弥漫的雾气，为禾木村披上一层轻纱，形成了一幅远山淡影的画卷。

禾木河，这条蜿蜒的河流，自东北向西南贯穿整个村落，将草原一分为二。河水清澈见底，宛如一条银色的丝带，在草原上飘然而过。阳光洒在水面上，波光粼粼，闪烁着迷人的光芒。河畔的杨柳依依，与河水相映成趣，构成了一幅和谐的自然画面。

在山地的阳坡上，森林郁郁葱葱，绿意盎然。这里是野生动物的乐园，马鹿、旱獭、雪鸡等生灵在这里繁衍生息。它们穿梭于林间，或悠闲地觅食，或欢快地嬉戏，享受着大自然的恩赐。阳光透过树梢，洒在林间的小径上，形成斑驳的光影，为这片森林增添了几分神秘与幽静。

而在相对的阴坡，则是一片繁茂的草地。当花朵盛开时节，漫山遍野色彩斑斓，红的、黄的、紫的……各种颜色的花朵竞相绽放，散发出迷人的香气。蜜蜂忙碌其间，采集花蜜，制作香甜的蜂蜜。微风吹过，花香四溢，令人陶醉。

在这片广阔的草原上，成群的牛羊自由自在地觅食。它们或低头吃草，或悠闲地漫步，享受着大自然的恩赐。牧人骑着马儿在草原上巡逻，与牛羊为伴，构成了一幅生机勃勃的草原风光。

　　禾木村，这个被群山环抱、被河流滋润的村落，以其独特的自然风光和浓厚的乡土气息吸引着无数游客前来探寻。在这里，人们可以远离城市的喧嚣与繁华，感受到大自然的宁静与美好。站在草原上，望着远处的群山和近处的河流，心灵仿佛得到了净化与升华。

　　禾木村，一个充满生机与活力的地方，一幅美丽动人的画卷。在这里，我们可以领略到大自然的神奇与壮美，感受到生命的力与美。让我们珍惜这片美丽的土地，保护它的生态环境，让它的美丽永存于世。

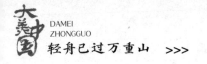

阿勒泰的静谧时光。

行走于阿勒泰，仿佛置身于一幅流动的画卷之中。这里的山峦叠翠，草原广袤，河流如丝带般缠绕，让人在行走间感受到无尽的宁静与祥和。就如李娟笔下的描绘，我亦喜欢这样慢悠悠地走啊走啊，享受这难得的独处时光。

四周空无一人，只有我和这无边的自然。脚下的土地柔软而富有弹性，每一步都仿佛在诉说着千年的故事。我停下脚步，侧耳倾听，却只听见风拂过草尖的细微声响，还有那远处河流潺潺的流水声。这一刻，世界仿佛静止了，只剩下我与这无边的自然。

我回首望去，山谷深深，草甸浓厚。那一片片翠绿的草原，如同巨大的绿色地毯铺展在大地之上，让人心生敬畏。而那河流，则如同一条银色的丝带，在山谷间蜿蜒流淌，闪烁着迷人的光芒。整个山谷，碧绿的山谷，在阳光的照耀下，闪耀着金光，仿佛是大自然赐予我们的瑰宝。

我沉浸在这静谧的时光中，感受着大自然的恩赐。我闭上眼睛，深深地呼吸着这清新的空气，仿佛能够闻到那草地的芬芳、河水的清新。我伸出手去，轻轻地触摸着这柔软的土地和清凉的河水，感受着它们的温度和质感。这一刻，我仿佛与大自然融为一体，感受到了它的脉搏和呼吸。

阿勒泰的静谧时光让我感受到了生命的平静与美好。在这里，我可以放下所有的烦恼和喧嚣，与大自然亲密地接触和交流。我感受到了自己的渺小和脆弱，也感受到了大自然的伟大和力量。这种感受让我更加珍惜生命和时光，也让我更加热爱这个美好的世界。

　　行走在阿勒泰的路上，我仿佛走进了一个梦幻的世界。这里没有喧嚣和嘈杂，只有宁静和祥和。我享受着这难得的独处时光，也感谢大自然赐予我的这份美好。我希望这样的时光能够一直延续下去，让我可以永远地沉浸在这份美好和宁静之中。

　　行走于阿勒泰，每一步都似踏入了诗与远方。山峦起伏，草原绿草如茵，那河流如古老的琴弦，在山谷间轻轻拨弄，奏出岁月的宁静。

　　此刻的我，仿佛成了这广袤天地间的唯一旅人。四周静谧无声，唯有自己的呼吸声，与这天地共鸣。我缓缓而行，如游于无垠的画廊，每一步都似在细品一幅幅未名的佳作。

　　脚下，是厚实而柔软的草地，它们似在诉说着千年的秘密。我低头，看见草尖上的露珠在阳光下闪烁，那是大地的眼泪，还是岁月的珍珠？我轻轻触碰，那冰凉而清新的感觉，瞬间传遍全身。

　　我抬起头，远望那翠绿的山谷。山谷深处，河流蜿蜒，宛如一条银色的丝带，在碧绿间穿梭。阳光洒下，河水波光粼粼，仿佛有无数的小精灵在跳跃、嬉戏。那金光闪烁，令人心醉神迷。

　　我闭上眼，深深地呼吸。那清新的空气，带着草地的芬芳、河水的清新，还有远处山峦的沉稳。我仿佛能感受到大自然的呼吸，那深沉而有力的节奏，让我心中所有的杂念都烟消云散。

　　在这静谧的时光里，我感受到了生命的宁静与美好。我仿佛与这天地融为一体，成了大自然的一部分。我感受到了自己的渺小，也感受到了大自然的伟大。这份感受让我更加珍惜每一刻的时光，也让我更加热爱这个美好的世界。

　　阿勒泰的静谧漫步，让我找到了心灵的归宿。我愿永远沉浸

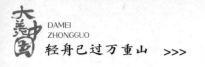

在这份美好与宁静之中，与大自然共舞，直到岁月的尽头。

随着日头渐渐西沉，阿勒泰的天空开始上演一场绚丽的晚霞。远处的山峦被晚霞染得金黄，又渐渐转为橙红，仿佛是天地间最温柔的调色板。我停下脚步，凝望这如梦如幻的美景，心中涌起一股莫名的感动。

在这广袤的草原上，成群的牛羊开始缓缓归家。它们或低头吃草，或悠闲地漫步，偶尔抬头望向远方，仿佛在欣赏着这同样属于它们的天地。我轻轻地抚摸着一头温驯的小羊，它的毛发柔软而温暖，如同阿勒泰的阳光一般。

夜幕降临，星星开始在天空中闪烁。我躺在草地上，仰望星空。那满天的星辰，仿佛是无数颗璀璨的宝石，镶嵌在黑色的天幕上。我闭上眼睛，感受着这宁静的夜晚，心中充满了宁静与安详。

在阿勒泰的这片土地上，时间仿佛变得缓慢而悠长。每一天的日出日落，都仿佛是大自然为我们精心准备的礼物。我沉浸在这份美好与宁静之中，仿佛忘记了尘世的喧嚣与纷扰。

然而，我知道，这样的时光终将会过去。我会离开这片土地，回到那个充满喧嚣与忙碌的世界。但在这里的每一刻，我都会深深地珍藏在心底，成为我人生中最宝贵的回忆。

阿勒泰的静谧漫步，让我感受到了生命的宁静与美好。它让我学会了珍惜每一刻的时光，也让我更加热爱这个美好的世界。我相信，在未来的日子里，无论我走到哪里，这份美好与宁静都会一直陪伴着我，成为我人生中最宝贵的财富。

当雪山与绿草相拥，阿勒泰便不仅仅是一片美景的代名词，它更是时间的驿站，是"从前慢"的生动写照。在这片土地

上，一草一木、一马一人，都在悠悠转转中诉说着古老而悠长的故事。

　　曾几何时，我的心灵在这片土地上找到了归属。阿勒泰的雪山，洁白而崇高，宛如守护神，默默注视着这片土地上的生灵。而草原，则像一块绿色的绒毯，铺展到天际，任由牛羊悠闲地漫

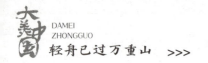

步。毡房洁白如云，点缀在草原上，与蓝天白云相映成趣。

在这里，时间仿佛放慢了脚步。人们不再急匆匆地追赶着什么，而是愿意停下来，与一花一草、一马一人亲切地交流。在这里，风是自由的，空气是清新的，人的心灵也是放松的。人们不再被世俗的纷扰所困扰，而是享受着与大自然的和谐相处。

阿勒泰的草原盛会，是这片土地上最热闹的时刻。人们围坐一圈，唱歌跳舞、弹奏冬不拉，欢声笑语此起彼伏。草原上的饮食文化，也独具特色。新鲜的羊肉、香甜的奶茶、醇厚的青稞酒，都是大自然的馈赠。在这里，人们享受着美食带来的快乐，也感受着游牧文化的独特魅力。

在与一花一草的切实相处中，人们开始思考自我与天地、自

然、周遭的关系。阿勒泰的草原和雪山，不仅仅是自然的景观，更是人们心灵的寄托。在这里，人们学会了敬畏自然、珍惜生命，也学会了如何与大自然和谐相处。

阿勒泰的"从前慢"，不仅仅是一种生活方式，更是一种生活态度。它告诉我们，在这个快节奏的社会里，我们应该学会放慢脚步，享受生活的美好。只有这样，我们才能真正地感受到生活的意义和价值。

岁月如梭，外面的世界日新月异，科技飞速发展，高楼大厦拔地而起，人们在都市的丛林中穿梭忙碌，追求着更高的效率和更快的生活节奏。然而，每当我闭上眼睛，那片位于西北边陲的净土——阿勒泰，总是能在我的心头泛起层层涟漪。

在阿勒泰，清晨的第一缕阳光总是温柔地洒落在草原上，照亮那些还沉浸在梦乡中的牛羊。它们似乎并不急于醒来，只是随着太阳的升起，悠然地开始新的一天。这种松弛与安定，是我在都市中难以寻觅的。

午后，阳光斜照，草原上的一切都显得那么宁静而美好。牧民们或骑着马儿在草原上巡逻，或坐在毡房前晒着太阳，聊着家常。他们的脸上总是挂着纯朴的笑容，仿佛世间的纷扰都与他们无关。这种简单而纯粹的生活，让我感受到了前所未有的宁静和满足。

傍晚时分，夕阳的余晖洒满大地，为这片土地披上了一层金色的外衣。牧民们开始收拾牛羊，准备回家。他们的身影在夕阳下拉得很长很长，仿佛在诉说着一天的辛劳与收获。而远处的山峦和天空也仿佛融为一体，构成了一幅绝美的画卷。

在阿勒泰的日子里，我学会了放慢脚步，用心去感受生活中的每一个细节。我学会了倾听大自然的声音，学会了与一草一木、一马一人建立深厚的情感联系。我学会了珍惜与大自然相处的每一刻时光，因为我知道，这样的时光是如此的宝贵和难得。

阿勒泰不仅治愈了我的精神内耗，更让我找到了生活的真谛。它让我明白，生活并不只是追求物质上的丰富和满足，更重要的是追求内心的宁静和满足。在阿勒泰的"从前慢"中，我找到了真正的自我和生活的方向。

如今的我，虽然身处都市的喧嚣之中，但我的心却始终牵挂着那片遥远的土地。我时常会回想起在阿勒泰的日子，那些美好的回忆总是能给我带来无尽的温暖和力量。我相信，在未来的日子里，无论我走到哪里，阿勒泰的"从前慢"都会成为我心中永恒的向往和追求。

辽阔山川，日月伴读。

山川犹如永不消逝的散文，日月为伴，陪你领略其中韵味。在这辽阔的大地上，自然之美与人文之风共舞，仿佛一幅幅生动的画卷。这些画卷，既有静态的山水，也有动态的风光，它们在时间的长河里，静谧而坚韧地诠释着我国的历史与文化。

山川地理，它们在历史长河中，见证了我国的沧桑巨变。高山峻岭，起伏连绵，如同绿色的屏障，守护着我国的广袤土地。江河湖泊，碧波荡漾，宛如明镜，倒映着天空的美丽。这些静态的山水，因其独特的地理形态和丰富的自然资源，成了画家和诗人的灵感来源，他们用笔墨描绘出了山水之美，让后人得以领略其中的韵味。

四季更替，春暖花开，夏日炎炎，秋风萧瑟，冬雪皑皑。每一个季节都有其独特的美丽，吸引了无数游人驻足观赏。此外，还有那日出日落，月圆月缺，无不使人感受到大自然的神奇与鬼斧神工。这些动态的风光，不仅丰富了我国的自然景观，也体现了自然界的规律和人生的哲理。

在这静态与动态的画卷中，还蕴含着我国丰富的历史与文化。从古至今，无数文人墨客在这片大地上留下了他们的足迹和笔墨。他们赞美山川河流，歌颂日月星辰，将自然景观与人文历史紧密相连。这些历史与文化，不仅为画卷增添了厚重感，也让人们更加深刻地理解了自然的价值与意义。

当我们踏入大自然的怀抱，走进那巍峨的山川，我们会邂逅那古老的传说，它们犹如一盏明灯，照亮我们前行的道路。这些传说，无论是寓言还是历史，都承载着先贤的智慧和信仰，如同璀璨的星辰引导我们探索未知的领域，让我们在人生的道路上不再迷茫。

在这片充满神秘色彩的土地上，我们仿佛能听到岁月的流转。古老的石头见证了沧海桑田的变迁，它们记录了时光的痕迹，见证了中国历史的悠久。潺潺流水滋养了勃勃生机，它们轻轻地诉说着大自然的神奇。每一处景观，都在诉说着时光的印记，都在默默地传递着大自然和人类相互依存的故事。

在这漫长的岁月里，我们的祖先与自然和谐共处，他们凭借着智慧，缔造了一个又一个奇迹。他们依山傍水，建立起了一个个美丽的家园。山川河流成了他们生活的舞台，他们也成了大自然的一部分。这些古老的传说，不仅是历史的见证，更是我们先贤的智慧和精神的传承。

仰望天空，日月星辰陪你阅读这无尽的美丽。太阳的光辉，

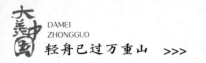

如同希望的火炬，燃烧着活力；月亮的清辉，如同宁静的摇篮，摇曳着温馨。在璀璨的星辰中，我们找到了自己的航向。它们犹如灯塔，引导我们前行，照亮了人生道路。

天空中的美景宛如一幅画卷，时时刻刻都在诉说着无尽的故事。白天，太阳以其耀眼的光芒照耀着大地，赋予我们生命的活

力。夜晚，月亮则静静地升起，洒下一片银白，为我们营造出一个梦幻般的世界。星辰闪烁，它们似乎是天上的精灵，守护着我们的梦想，照亮我们前行的道路。

太阳的光辉，不仅仅是一种视觉享受，更是一种精神的鼓舞。它激发着我们追求美好生活的信念，给我们以希望和力量。正如歌词所说："阳光总在风雨后，请相信有彩虹。"在生活的道路上，无论遇到多少困难和挫折，我们都要保持坚定的信念，勇往直前。

月亮的清辉，给人以宁静与安慰。在夜晚，月光洒满大地，让人感受到一种别样的美丽。它犹如一把钥匙，打开了我们内心深处的那份柔情。在月光下，我们可以尽情地倾诉心事，与心灵对话。月亮也寓意着团圆和思念，让我们在千里之外，依然心系着彼此。

璀璨的星辰，它们如同天空中的宝石，闪烁着耀眼的光芒。它们告诉我们，人生的道路虽然坎坷，但总会有光明指引我们前行。在迷茫的时候，仰望星空，让我们找到前进的方向。星辰犹如灯塔，照亮了我们的人生之路，让我们在黑暗中不再恐惧，勇敢地追求梦想。

在人生的旅程中，我们如同航行的船只，需要在黑暗中寻找光明。日月星辰便是那指引我们前行的灯塔，它们照亮了我们的道路，给我们以希望和力量。让我们怀揣梦想，勇敢前行，追寻那无尽的美丽。在这片璀璨的星空下，我们将不断成长，书写属于我们自己的传奇。

在这山川之间，英勇无畏的先行者辈出。他们披荆斩棘，锐意进取，将祖国的山川铭记在心。他们用生命和热血，谱写了一

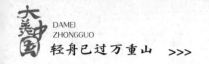
篇篇感人至深的篇章。让我们追寻着他们的足迹，继续前行，传承他们的精神，铸就新的辉煌。

　　让我们在这山川间，感受大自然的神奇魅力，倾听历史的诉说，追寻先人的足迹。在这无尽的美好中，我们将收获智慧、信念和力量，去创造更加辉煌的未来。在日月星辰的陪伴下，继续阅读这永不消逝的散文，传承我国璀璨的文化底蕴。

可可托海

我愿带着最纯朴的情，和你一起风雨兼程。

这是一个美丽的地方，这是一个辽阔的地方。可可托海，不是海，它是辽阔的牧场。辽阔的地方，该是滋养心灵的地方，该是滋养情感的地方。

可可托海镇，是一个因矿而生的小镇。位于新疆维吾尔自治区北部富蕴县城东北 48 千米的阿尔泰山间。额尔齐斯河刚好从镇中穿流而过，便是镇名的来历。可可托海，哈萨克语的意思为"绿色的丛林"，蒙古语，意为"蓝色的河湾"。广袤的可可托海草原上，羊群在安逸地沐浴阳光，美丽的白桦林，简陋的小木屋，一段美丽凄婉的故事就要在这里发生。

驱车前往可可托海，一路上，山川壮丽，风景如画。随着车轮的滚动，我仿佛能听见额尔齐斯河那悠扬的流水声，它像是一条银色的丝带，从镇中穿过，为这片土地带来了无尽的生机与活力。

抵达可可托海，首先映入眼帘的是广袤的草原。在这里，羊群如同白色的云朵，在绿色的海洋中自由漂浮。它们安逸地沐浴着阳光，享受着大自然的恩赐。远处的白桦林，如同守护神一般，静静地伫立着，为这片土地增添了一抹神秘的

色彩。

　　走进小镇，简陋的小木屋散发着古朴的气息。这些木屋，虽然简陋，却充满了生活的味道。每一扇窗户，都像是一个故事的窗口，诉说着这里的历史与变迁。在这里，我仿佛能听到矿工们挥汗如雨的声音，感受到他们为了生活而努力奋斗的坚韧与执着。

　　漫步在小镇的街头巷尾，我仿佛能感受到可可托海那独特的魅力。这里的人们，虽然生活在艰苦的环境中，但却始终保持着乐观向上的精神。他们用勤劳的双手，创造出了属于自己的幸福生活。

　　站在高处俯瞰整个小镇，我深深地被它的美丽所震撼。额尔齐斯河在阳光的照耀下波光粼粼，仿佛一条银色的巨龙在草原上蜿蜒穿行。广袤的草原、美丽的白桦林、简陋的小木屋……这一切构成了一幅美丽的画卷，让人流连忘返。

　　在可可托海，我感受到了大自然的神奇与美丽，也感受到了人们坚韧不拔的精神。这里是一个充满生机与活力的地方，也是一个让人心灵得到净化的胜地。我相信，在未来的日子里，可可托海一定会变得更加美丽、更加繁荣。

夕阳西下，可可托海被染上了一层金色的光辉。小镇的轮廓在夕阳的映照下逐渐模糊，仿佛披上了一层神秘的面纱。我沿着河边的小径漫步，感受着微风拂过面颊的温柔，聆听着河水潺潺的流淌声，心灵在这份宁静与美好中得到了洗涤。

夜幕降临，可可托海的天空中繁星点点，仿佛无数颗珍珠洒在了深蓝色的绸缎上。我坐在河边，望着这片星空，心中涌起一股莫名的感动。在这片广袤的土地上，人与自然和谐共处，共同编织着生命的诗篇。

清晨，当第一缕阳光洒在可可托海的大地上时，我迎着微风踏上了归途。回首望去，小镇在朝阳的映照下显得格外宁静而美丽。那些简陋的小木屋、广袤的草原、美丽的白桦林……都将成为我心中永远的记忆。

在离开可可托海的路上，我不禁陷入了沉思。这个因矿而生的小镇，虽然经历了岁月的沧桑和变迁，但它依然保持着那份淳朴和美好。它用自己的方式诠释着生命的意义和价值，让人感受到大自然的神奇与伟大。

可可托海是一个充满魅力的地方，它不仅拥有壮丽的自然风光和丰富的矿产资源，更有着独特的人文气息和深厚的文化底蕴。在这里，人们可以感受到大自然的恩赐和生命的奇迹，也可以领略到人类与自然和谐共处的智慧与美好。

《可可托海的牧羊人》在讲述着一个凄美的爱情故事。

一个是追逐草场的更替赶着羊群的痴情牧羊人，另一个是

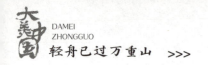

追随着花开花落的美丽养蜂人。两个为生活而漂泊的人，如果不相见，也就不会发生这个凄美的故事。两个漂泊的人，如果不相识，也不会发生这个凄美的故事。但是，两个漂泊的人偏偏在草原野花盛开的季节里相遇了。人生的每一次遇见，有偶然性，也有必然性。

辽阔的，同样也是空寂的草原，更能拉近两个人的距离。他说过他不在乎她有两个孩子，他愿意像亲生父亲一样照顾他们。

两个漂泊的人，因为可可托海而唤醒了对生活的热爱。他放牧着欢乐，她酿造着甜蜜。他们的欢笑，唤醒了草原的春天。可可托海，因为他们的欢笑而美丽起来。

一朵朵可可托海的野花，把幸福点燃。

如果生活就这样继续……

可是，花落了，养蜂女失踪了。

但是，牧羊人依然坚守着可可托海这片土地。

　　他，在等。

　　等她回来！

　　她，还会再来吗？

　　草原的风，是烈的。

　　草黄了，牧羊人却没有离开枯黄的草场，牧羊人选择了等待。等待，等待草再青起来，等待她再回来。

　　等待，像雕塑一样等待。等待，像一座山一样等待，就像胡杨对沙漠的坚守。

　　无奈、心酸、心痛，让人心碎。面对空旷，面对无助。草由青变黄，一片草原，一个人，只有山谷的风，呜咽着不肯离去，它在陪伴着这个无助的汉子，陪着他无声地哭泣。

　　驼铃远去，却又分明在震痛自己的心。那驼铃声不是在他的耳边响起，是在他的心尖响起。

　　那夜的雨也没能留住你

　　山谷的风它陪着我哭泣

　　你的驼铃声仿佛还在我耳边响起

　　告诉我你曾来过这里

　　《可可托海的牧羊人》，当我们听到这凄美的歌声时，我们感动了。我们被歌声打动，我们被歌声感染；我们被痴情的牧羊人打动，我们被牧羊人的忠诚感染；我们被这凄美的故事打动，我们被这凄美的故事所感动。

　　这首歌不但富有优美的旋律，还注入了深刻的灵魂。

　　我酿的酒喝不醉我自己

　　你唱的歌却让我一醉不起

　　……

　　是不是因为那里有美丽的那拉提

　　还是那里的杏花

　　才能酿出你要的甜蜜

　　毡房外又有驼铃声声响起

　　我知道那一定不是你

　　……

　　牧羊人站立在空旷的可可托海的牧场上，企盼养蜂女的降临，想再聆听养蜂女吟唱的歌谣长醉不醒。

　　歌声响起，那是来自心灵的颤音。猝不及防，这歌声擂响我们的心脏。

可可托海，听得懂。

在歌声中，我们为可可托海的牧羊人祈祷，但愿可可托海的草原再次萌发，但愿可可托海的那段美好故事再次重来。

但愿人世间有一种情感，不能在身边，那就留在心间。

可可托海一定会继续保持着它的独特魅力和美丽风光，吸引着更多的人们前来探访和欣赏。而我也将把这次难忘的旅程珍藏在心中，让它成为我生命中一道永恒的风景线。

吐鲁番的葡萄熟了

"葡萄美酒夜光杯，欲饮琵琶马上催。"这句古诗勾起了我们对新疆吐鲁番葡萄的无限向往。在这个炎炎夏日，我们有幸踏足这片充满神秘的土地，感受吐鲁番葡萄的甘甜与古城火焰山的壮美。

新疆，这片充满异域风情的土地，拥有许多令人心驰神往的旅游胜地。在这片广袤的土地上，有一座被誉为"火洲"的城市，它就是吐鲁番。吐鲁番位于天山山脉和塔克拉玛干沙漠之间，这里不仅有独特的地貌和丰富的旅游资源，还拥有着深厚的历史文化底蕴。今天，就让我们一起走进这座充满神秘色彩的吐鲁番，感受它的独特魅力。

火焰山位于吐鲁番市区以北，是《西游记》中著名的火焰山所在地。这里的地貌独特，寸草不生，夏季地表温度高达70℃以上，因此得名"火焰山"。为了感受这种神奇的地貌，游客可以沿着山脚下的栈道漫步，领略大自然的鬼斧神工。

葡萄沟是吐鲁番最著名的景点之一，位于吐鲁番市区东北10余千米处。这里因盛产优质葡萄而闻名，而且有着世界上最古老的葡萄园之一。游客可以沿着葡萄沟的栈道行走，不仅可以欣赏到美丽的葡萄园，还可以品尝到美味的葡萄干和新鲜的

葡萄酒。

坎儿井是吐鲁番的又一著名景点，它是新疆独特的灌溉系统。坎儿井利用地下水，通过一系列的蓄水池和暗渠，将水源输送到农田中，是新疆农业发展的重要保障。游客可以在坎儿井博物馆了解这一古老水利工程的运作原理和历史，感受新疆人民的智慧和勤劳。

吐鲁番位于新疆天山山脉东南，气候炎热干燥，阳光充足。这里的葡萄生长环境得天独厚，成就了世界闻名的吐鲁番葡萄。品种繁多，色泽鲜艳，口感醇厚，这些葡萄让人回味无穷。

当夏日的阳光照耀在葡萄架上，紫红色的果实与绿色的叶子相映成趣，如同一幅美丽的画卷。在阳光的照射下，葡萄晶莹剔透，散发着诱人的香气。置身于这美丽的葡萄园中，仿佛置身于一个童话世界，令人心旷神怡。

离开吐鲁番葡萄园，我们来到了距离最近的火焰山景区。这座古老的城市承载着厚重的历史与文化。火焰山因《西游记》中孙悟空三借芭蕉扇的故事而闻名于世。这里的地貌独特，赤红的山体仿佛在熊熊燃烧，给人以强烈的视觉冲击。

走进古城火焰山，我们仿佛穿越到了古代。这里的古城堡、烽火台等遗址诉说着历史的故事。火焰山的红色山体形成了一道独特的风景线，与周围绿洲形成鲜明对比。在这片充满历史气息的土地上，我们感受到了岁月的沉淀和旅行的乐趣。

品味地道美食

烤　肉

吐鲁番的烤肉以其香嫩可口而著名。当地人将羊肉、牛肉、鸡肉等肉类切成块状，用铁扦子穿起，放在炭火上烤制。佐以简单的香料和孜然，烤出的肉质鲜美、香气扑鼻，让人食欲大增。

拌　面

拌面是吐鲁番的特色美食之一，以面条搭配各种蔬

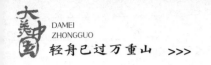
菜和调料拌制而成。当地人喜欢在拌面中加入羊肉、皮蛋、西红柿等食材，调制出酸辣可口的味道，让人回味无穷。

烤 鱼

吐鲁番的烤鱼以其鲜美可口而备受游客青睐。当地人将鱼剖开去内脏，用树枝穿起放在炭火上烤制。佐以简单的香料和酱汁，烤出的鱼肉鲜嫩可口，让人欲罢不能。

吐鲁番的文化底蕴深厚，这里有许多独特的音乐、舞蹈和民俗。例如，维吾尔族的十二木卡姆、纳格曼·托普拉克等传统音乐和舞蹈，以及葡萄节、桑葚节等民俗节日。此外，吐鲁番的非物质文化遗产还包括传统手工艺、民间美术、民间文学等，这些文化特色让吐鲁番更具魅力。

实用旅游攻略

交通：从乌鲁木齐市乘坐高铁或汽车可直达吐鲁番市，市内可选择出租车或公交车前往各个景点，交通便利。

住宿：吐鲁番市内有多家星级酒店、快捷酒店和家庭旅馆供游客选择。建议提前在网上预订住宿，以免旺季排队等候。

购物：吐鲁番的特产包括葡萄干、哈密瓜、大枣等农产品以及手工制品如刺绣、编织等。在市内的农贸市场和手工艺品市场可以购买到这些特产，价格实惠。同时，也需要注意甄别假冒伪劣产品。

安全：新疆的治安状况良好，但在旅游过程中仍需注意自身安全和财产安全。不要随身携带大量现金和贵重物品，尽量使用信用卡或电子支付方式。同时遵守交通规则，不要随意穿越马路和闯红灯。购买特产时也要注意卫生和质量。

我们领略了吐鲁番葡萄的甜美与古城火焰山的壮丽。这不仅是一次味觉与视觉的盛宴，更是一次历史与文化的探索。在这片神奇的土地上，我们感受到了大自然的恩赐和历史的厚重。无论是品尝葡萄的喜悦还是游览古城的感动，都让我们流连忘返。

吐鲁番的葡萄熟了，古城火焰山等你来探。让我们一起踏上这趟美妙的旅程，用眼睛去发现、用心去感受新疆这片热土上的美丽与价值。让我们带着满载的回忆与感悟，继续探索这个多彩的世界吧！

草原丝绸之路上的
历史印记

  在呼和浩特市赛罕区河西路的尽头，距离市区 17 千米的地方，坐落着一座占地 100 亩的丰州故城博物馆。这座博物馆不仅是一座集保护、研究、展示和社会教育于一体的综合性博物馆，更是呼和浩特市历史发展的重要见证。

  博物馆的核心景点是万部华严经塔，这座塔在 1982 年被中华人民共和国国务院确定为全国第二批重点文物保护单位。这座塔不仅是呼和浩特市历史的重要见证，更为我们提供了研究辽宋夏金元时期呼和浩特市政治、经济、文化的珍贵史料。塔中的铁马叮当，铜镜闪烁，仿佛在诉说着古老的故事。在落日的余晖下，这座白塔宛如一位历史的老者，历经千年沧桑，见证着草原丝绸之路的发展和城市的变迁。

  走进博物馆，历史的厚重感扑面而来。这里的每一件展品，每一面墙，都在讲述着这片土地上的故事。从万部华严经塔的庄重肃穆，到博物馆内各种文物的细致展示，无不展现了呼和浩特市深厚的历史底蕴。

  古韵今风交相辉映，在华夏大地的一隅，隐藏着一座历经千

年风霜的丰州故城。这里不仅是历史的见证，更是文化的瑰宝。如今，它以博物馆的形式重新出现在世人面前，诉说着古与今的交融，展示着中华文明的独特魅力。这里不仅是一座博物馆，更是一个文化交流的平台。在这里，古与今交织，历史与未来相汇，共同谱写出一曲华夏文明的赞歌。

步入丰州故城博物馆，仿佛穿越了时空的隧道，回到了那个金戈铁马的年代。城墙依旧巍峨，烽火台仍旧矗立。这些历经风雨的建筑，默默诉说着这片土地上曾经发生的故事。

博物馆内陈列丰富，每一件展品都承载着一段历史。从精美的陶瓷器皿，到古老的玉器、铜器，再到那些历史悠久的书画作品，无不透露出古代匠人的精湛技艺和艺术品位。但丰州故城博物馆并不只是历史的陈列馆。这里运用现代科技手段，将历史与现代完美结合，为参观者带来沉浸式的体验。在幻影成像、全息投影等技术的帮助下，古老的丰州故城仿佛重现眼前，让人们能够更直观地感受到那个时代的风貌。

在丰州故城博物馆，你可以听到历史的回声，看到文化的传承。这里不仅仅是一个博物馆，更是一个连接过去和未来的桥梁，一个唱响华夏文明赞歌的舞台。你，还不快来加入这场时空之旅吗？

丰州故城博物馆不仅致力于展示历史文物，更注重挖掘文化内涵，传承中华民族优秀传统。

丰州故城博物馆不仅是一个供人们了解和学习历史的场所，更是一个让人们感受历史与现代交融的地方。在这里，你可以看到草原丝绸之路的繁荣与辉煌，也可以看到现代呼和浩特市的发展与变迁。这座博物馆，就像一座连接过去与现在的桥梁，让人

们在欣赏历史的同时，也对未来充满期待。

　　不论你是历史爱好者，还是对文化感兴趣的游客，丰州故城博物馆都将给你带来无尽的惊喜。这里，等待着你的探索与发现。让我们携手共进，共同传承中华民族的优秀文化，让世界了解丰州，让丰州走向世界。在这座历史的殿堂里，感受古与今的交融，探寻文明的奥秘。丰州故城博物馆，等你来感受这片土地的魅力。

　　丰州故城博物馆是一座充满历史韵味和文化底蕴的博物馆。这里不仅有丰富的文物和史料，更有让人震撼的历史故事。如果你想了解呼和浩特市的历史和文化，这里绝对是一个不容错过的好地方。

生长梦的地方

见到你
我就走进诗里了
撮镇
你是诗做的
上阕有温婉的体温
下阕有音乐般的呼吸

撮镇，瑰宝之地，承载着千年的历史底蕴，绽放着独特的人文光华。走近撮镇，仿佛穿越了时空的长廊，古韵犹存，岁月留香。每一处，都是美妙的音符，我们聆听着动听的音乐。每一处，都是精彩的图画，我们欣赏着恢宏的画卷。

在合肥市肥东县撮镇镇，历史的痕迹与深厚的文化底蕴沉淀在这里。这里是孔子曾留下足迹的地方，是历史与现代交织的见证。撮镇，一个充满故事的名字，每当提及，总会令人想起那句"地多一撮，书重百城"，不仅赞美了这片土地，更表达了对这里孕育出的文化和人才的敬仰。在撮镇，历史与文化就如同一座座巍峨的山峰，连绵不断。

在这里，可以放慢自己的脚步，以悠闲的脚步，度量明静的

心情，度量着岁月的从容，你静静地，随着时光流逝散步般地前行着。来到这里，你就知道什么是安详。来到这里，你就知道什么是幸福。

孔子与幼童项橐的"城车之让"的故事，在撮镇传为佳话。为了纪念这位伟大的思想家和教育家，人们便以"撮城"命名此镇。这个小小的镇子，因为孔子的足迹而变得与众不同。

时光荏苒，74年前，撮镇成为渡江战役总前委的指挥部所在地。英勇的战士们在这里运筹帷幄，指挥了那场震撼世界的战役。如今，虽然战火已熄，但英雄们的英勇事迹仍然在人们心中燃烧。

撮镇的发展日新月异，依托其独特的区位优势和丰富的历史文化资源，这个千年古镇焕发出新的生机与活力。商贸服务业、物流业和旅游业蓬勃发展，成为全国知名的城镇。

撮街作为撮镇的历史文化教育基地，浓缩了千年历史文化。孔子游学、孔子拜师等情景雕塑诉说着古镇与孔子的不解之缘；

凤凰湖、马桥、凤凰阁等景点承载着撮镇凤凰地的传说；特色牌匾、对联、民俗表演等则彰显着撮镇璀璨的精神文化。

撮街，简直是文化爱好者的天堂！近年来，它摇身一变，成为潮流的象征，吸引了无数游客纷至沓来。

这里不仅是历史的见证者，更是文化的传承者。合肥菜博物馆、传统体育小镇、老字号一条街等，这些文化业态的入驻，让撮街焕发出前所未有的光彩。投射活动如先秦射礼、雅歌投壶、大宋蹴鞠等，非遗活动如击鼓传花、抖空竹、踩高跷等，游客参与其中，仿佛穿越时空，感受那千年的文化积淀。

撮街更是中华老字号的集结地。片仔癀、谢馥春、张小泉、绿杨春、张顺兴、刘鸿盛……这些名字背后，是一代代匠人的坚守与传承。游客在这里，不仅能品味到传统技艺的魅力，更能感

受到那份对文化的敬畏与热爱。

走进撮街，仿佛走进了一个五彩斑斓的梦。古色古香的建筑、热闹非凡的市井气息，这里不仅有历史的厚重，更有生活的温度。每一次来访，都有新的发现，新的感悟。

撮街，一个融合了古今中外文化的神奇之地。它以开放包容的姿态，欢迎每一位对文化有追求的游客。在这里，你可以触摸到历史的脉络，也可以感受到未来的脉动。让我们共同期待，撮街在未来的日子里，继续书写属于它的辉煌篇章！

走进撮街，仿佛穿越时空隧道，回到了那个古老而充满智慧的时代。这里的一砖一瓦、一草一木都诉说着撮镇的故事，让人感受到历史的厚重和文化的魅力。

撮镇党委书记吴超说："我们撮镇人的血液里有孔子相师的谦逊因子和将革命进行到底的红色基因，我们要保护好、传承好这些文化基因，从中汲取奋进的力量，充分发挥好撮镇的地缘优势，一手抓好商贸服务业，一手抓好物流产业，奋力描绘中国式现代化撮镇的壮美画卷。"

撮镇不仅是一个地理名词，更是一种文化和精神的象征。让我们共同期待撮镇在未来继续书写新的辉煌篇章！

这是你梦到的地方，也是生长梦的地方。

骑楼，古老文化的瑰宝

　　海口，这颗镶嵌在海南岛上的璀璨明珠，散发着独特的历史文化韵味和独特的建筑风格。自古以来，海口一直是我国南方的交通要道和贸易重镇，吸引着无数商贾游客，成为一个多元文化交融的繁华之地。在这座古老而富有活力的城市中，骑楼建筑无疑是其最具特色的瑰宝，它们犹如一部史书，记录着海口的历史变迁和社会发展的厚重记忆，塑造了城市独特的形象。

　　骑楼建筑，如同历史长河中的一叶扁舟，起源于古代希腊和罗马，后来漂洋过海，抵达东南亚地区，成为一种典型的热带建筑风格。在我国，骑楼建筑如同一串明珠，分布在海南、广东、福建等南方省份。海口的骑楼建筑群就像一条璀璨的项链，集中在博爱路、中山路等地，这些建筑风格独特，线条优美，融合了中西方建筑艺术的精华。它们既有中国传统建筑的沉稳大气，又具有西方建筑的浪漫优雅，彰显了海口独特的文化风貌。

　　海口骑楼建筑的历史，如同一条绵延不断的河流，可以追溯到明清时期。当时海口作为海上丝绸之路的重要节点，贸易繁荣，商贾如云。骑楼建筑便是在这一时期逐渐兴起，如同海口城市发展的象征。随着时间的推移，骑楼建筑见证了海口的沧桑巨变，从一个小渔村发展成为国际化的大都市。如今，海口骑楼建筑已成为城市的一道亮丽风景线，吸引了无数游客前来欣赏。

　　海口骑楼建筑不仅是一部生动的历史教科书，还具有很高的实用价值。骑楼底层如同商业的繁荣舞台，通常用来经营商业，二楼及以上楼层则是市民生活的舞台，或住宅或办公场所。这种建筑形式如同热带气候的守护者，底层宽敞的走廊可以遮阳避雨，为行人提供便利。同时，骑楼建筑紧密相连，形成了一个繁华的商业街区，满足了市民的生活需求。

　　近年来，海口市政府高度重视骑楼建筑的保护和开发，如同守护历史的火炬，制定了一系列政策措施，对骑楼建筑进行修缮和保护，恢复了部分历史风貌。同时，还通过举办各类文化活动，如骑楼文化节、摄影大赛等，提升了海口骑楼建筑的知名度，激发了市民和游客对这座城市的热爱。

　　海口骑楼建筑是这座城市独特的文化遗产，它们见证了海口的历史变迁和社会发展，承载着海口人民的美好回忆。保护和发展骑楼建筑，就是传承海口的历史文

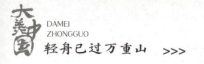

脉，打造城市特色风貌，让这座美丽的海滨城市焕发出更加璀璨的光彩。

海口骑楼老街建筑群，如同一位历经沧桑的老者，19 世纪二三十年代初步形成，岁月在其身上刻画出痕迹，却也赋予其无尽的故事。在历史长河中，它默默见证了我国近现代史的变迁，承载了厚重的文化底蕴，人文气息浓郁，丰富多彩。

如今，仍有 600 余栋骑楼屹立于此，它们像是一部活着的历史教科书，是国内现今保留规模最大、保存基本完好，独具南洋风情的建筑群。在这里，人们可以漫步在古色古香的街道，品味那逝去的时光，仿佛置身于南洋的画卷之中。

骑楼老街是本地海岛文化的瑰宝，犹如一颗璀璨的明珠，镶嵌在这座城市的商业繁华之中。自百年前崛起至今，它始终洋溢着勃勃生机，那些美丽的骑楼也得以流传千古。

"骑楼"，宛如一位婉约的姑娘，穿着一袭华丽的外廊式建筑长裙，在前方翩翩起舞，为人行道或走廊遮风挡雨，送去阴凉。这种独特的建筑风格，深受东南亚地区人们的喜爱，成为一道道亮丽的风景线。

海口的骑楼犹如一位优雅的贵妇，伫立在那里，风姿绰约。楼宇之间错落有致，如同琴弦上跳跃的音符，和谐而美妙。那精巧的门窗、砖雕、牌坊等，无一不洋溢着南洋古典的韵味，仿佛是历史长河中的一颗璀璨的明珠。独具匠心的步行街，每一座骑楼都像是穿着华丽舞衣的舞者，无论是门栏窗棂、绘画雕纹，还是那些点缀在屋檐下、窗台边的各式浮雕，都在蓝天白云下翩翩起舞，如诗如画，令人陶醉。

骑楼老街的石板路如同一条深邃的古巷，幽静中透露出古老的韵味，居民楼如同岁月的画师，用参差错落的手法勾勒出老街的生动景象。那些老字号如同历史长河中的明珠，流光溢彩，熠熠生辉。清晨的阳光透过雕花窗棂，如同温柔的画师，为老街描绘出一幅澄澈的画面，而夜晚的月色则像一位诗人为老街披上了一层神秘的面纱，映衬出那人间烟火。市井与繁华在此共生共长，形成了骑楼老街独特的冲突美，而这美便成了老街的底蕴。它的肌理，就像那生活的赤诚热情，填满了每一寸空间。从市井的嘈杂热闹到街头巷尾的闲适清净，就像一部生动有趣的生活画卷，让人流连忘返。

在充满南洋风情的骑楼群中，一座看似不起眼的古牌坊静静矗立，那就是海口天后宫。作为中华妈祖文化的重要载体，天后宫见证了海口老城区无法抹去的文脉传承。这座建筑采用中国南方传统的抬梁式结构，古色古香的恢宏气势令人赞叹不已。院内33块碑文，如同历史的画笔，描绘出海南海上丝绸之路的生动脉络。

骑楼，这种独特的建筑风格，在我国的许多城市中留下了深深的印记。它以其独特的魅力，吸引了无数的目光。在这座骑楼下，商铺繁荣，楼上是居民住宅，宛如一位艺术家挥毫泼墨，将文艺复兴、古罗马、巴洛克、南洋以及中国传统等多元文化融为一体，展现出一幅丰富多彩的建筑画卷。

漫步在这骑楼老街，就像走在一条优美的曲线之上。一边是老街的熙熙攘攘，热闹非凡，一边是内部的宁静祥和，静谧温馨。这种独特的布局，使得骑楼成为一个充满生活气息的地方，既有繁华的市井气息，又有宁静的居家氛围。

骑楼的立面设计更是独具匠心。它分为三段式：下段是骑楼立柱，如同稳固的基石，承载着整个建筑的重量；中段是楼层，如同端庄的躯干，承载着生活和商业的繁华；上段是山花和女儿墙，如同华丽的冠冕，为整个建筑增添了无尽的魅力。

而中段和上段的外立面装饰，就如同那锦上添花的画卷，丰富多彩，让人流连忘返。它们展现了建筑师的高超技艺，也体现了我国传统文化的深厚底蕴。每一处装饰，每一个细节，都充满了艺术感和历史感，让人无法抗拒它的魅力。

骑楼是一种独特的建筑风格，它融合了多种文化，承载了丰富的历史，展现了独特的艺术魅力。它不仅是我国建筑文化的瑰宝，也是我国城市风貌的代表之一。无论是当地人还是游客，都

被它的魅力所吸引，骑楼老街也因此成为人们流连忘返的地方。

老街的建筑上，精雕细琢的雕塑和华丽的装饰仍然留存，仿佛是一位老者身上的饰品，闪烁着岁月的光芒。商号的名字仍然高悬在栏杆上，似乎在诉说着当年商埠的繁华和风华。走在街上，仿佛置身于一个古老的梦境中，每一步都仿佛踏在历史的长河中，让人不由自主地沉浸在其中。

在繁华的街区中，那些历经沧桑却依旧熠熠生辉的老字号，仿佛是一部部用智慧和汗水书写的华侨商贾创业传奇。它们是历

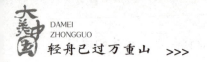

史长河中闪耀的明珠,不仅传承着中华民族深厚的传统文化,更是华侨华人自强不息、奋发向前的力量象征。

自古以来,我国的华侨商贾们怀揣着"勤劳致富"的信念,义无反顾地踏上远离故土的征程,去征服那遥远的海外市场。他们以卓越的技艺、诚信的经营和创新的精神,逐渐在异国他乡谱写出一段段令人赞叹的传奇。这个过程中,众多脍炙人口的老字号品牌应运而生,成了街区中永恒的传说。

这些老字号品牌,无论是在食品、医药、纺织还是工艺品等行业,都充分展现了华侨商贾们的聪明才智和创业精神。他们带着对家乡的深深眷恋和对中华文化的忠诚,将这些老字号培育成了一支支"民族力量",不仅在当地享有盛名,更在国际市场上大放异彩。

这些流淌在街区中的老字号,不仅是华侨商贾们创业历程的

见证，更是中华民族优秀文化的传承。在新时代的背景下，我们要继续发扬老字号所蕴含的勤劳智慧、创新精神和家国情怀，将这些无价之宝传承下去，为实现中华民族伟大复兴的中国梦贡献力量。

同时，我们要看到，全球化进程的加速给老字号品牌带来了前所未有的挑战。在这个关键时刻，我们要大力扶持和弘扬老字号，为它们的创新发展提供强大的政策支持和市场机遇。让这些饱经风霜的老字号焕发出新的生机和活力，为我国的经济社会发展和民族文化传承继续贡献力量。

那些流淌在街区中的老字号，是华侨商贾们勤劳智慧的生动写照，是我们宝贵的精神财富。在新的历史时期，我们要珍视这份遗产，传承这份精神，为实现民族复兴和国家富强奋发向前，再创新的辉煌。

合肥市科技馆的
奇妙之旅

　　合肥市科技馆，这座以"人—科技—自然"为灵魂的现代建筑，就像一颗熠熠生辉的明珠，在城市的繁华中心闪耀着独特的光芒。它的外形不规则，就像是被科技魔法雕琢出的金属盒子，充满了神秘与魅力。我带着对科技与自然和谐共舞的好奇，踏上了这片充满奇幻与探索的神奇天地。

　　一踏入名为"失落的世界"的序厅，我立即被眼前的景象深深吸引。那些栩栩如生的动物模型，它们曾是地球上的居民，却因人类的无知和贪婪而永远消失。它们静静地陈列在那里，仿佛在低声诉说着它们曾经的辉煌与无尽的遗憾。

　　这些动物模型，每一个都代表着一种已经灭绝的物种。它们有的曾是森林的霸主，有的则是海洋的精灵，有的则是天空的领航者。它们曾经在地球上繁衍生息，构建了一个丰富多样的生物世界。然而，由于人类的过度捕猎、环境污染和生态破坏，它们逐渐走向了灭绝的边缘。

　　站在这些动物模型前，我深刻感受到了科技发展与自然保护之间的微妙关系。科技的发展让我们有能力探索更广阔的世界，

也让我们有能力改变自然环境。然而，这种改变并不总是积极的。有时候，我们的科技进步反而加速了物种的灭绝。例如，过度的工业化和城市化导致了许多生物的栖息地丧失，而过度捕捞和猎杀则直接导致了物种数量的减少。

然而，这并不意味着我们应该放弃科技的发展。相反，我们应该更加明智地利用科技来保护自然。例如，我们可以通过科技手段来监测物种的数量和分布，从而更好地保护它们。我们也可以通过科技手段来减少环境污染和生态破坏，为生物创造更好的生存环境。

在这个"失落的世界"中，我不仅看到了灭绝的物种，也看到了我们人类自身的影子。然而，随着我们的发展，我们逐渐忘记了与其他生物的和谐共处之道。现在，我们需要重新审视我们的行为，重新思考我们与自然的关系。

回顾历史，我们可以看到许多物种的灭绝都与人类的行为有关。这让我们不禁思考：如果我们继续这样下去，未来的世界将会是怎样的呢？是否还会有更多的物种因为我们的行为而灭绝？我们是否应该承担起保护自然的责任，为子孙后代留下一个更加美好的世界？

　　站在这些动物模型前，我深深地反思了自己的行为。我意识到，作为人类，我们有责任保护这个地球，保护它的生物多样性。我们不能因为自己的短视和贪婪而破坏这个美好的世界。我们需要更加珍视自然，更加尊重生命，才能真正实现人与自然的和谐共处。

　　在这个"失落的世界"中，我看到了过去的悲剧，也看到了未来的希望。我相信，只要我们能够认识到自己的责任，采取行动保护自然，我们一定能够避免更多的悲剧发生，创造一个更加美好的未来。

　　走过序厅，我来到了"缤纷自然"展区。这里通过生动的展示和互动体验，让我了解了生命的起源和演化历程。我仿佛置身于一个充满奇迹的宇宙之中，感受着生命的奇妙与不易。同时，我也深刻体会到，作为人类，我们肩负着保护自然、维护生态平衡的重任。

接下来是"适应奇技"展区，这里展示了生命如何适应环境、如何在竞争中求得生存。我通过参与各种互动展项，感受到了生命的智慧与力量。它们用自己的方式，告诉我们生命的韧性与多样性。在这个展区，我也意识到了生物多样性的重要性，以及我们在保护生态环境中所扮演的角色。

　　最后，我来到了"和谐共生"展区。这里展示了安徽的自然生态资源，同时也揭示了人类文明对生态的破坏。在这里，我深刻反思了人类与自然的关系，思考着如何在科技发展的同时，实现与自然的和谐共生。我坚信，只有当我们真正尊重自然、珍惜自然，才能实现人与自然的和谐共生。

　　合肥市科技馆之行，简直是一场科技与自然的狂欢！在这里，我仿佛穿越了时空隧道，亲身感受了科技与自然的亲密接触。馆内的展品讲述着一个个生动的故事，让我仿佛置身于一个充满魔力的世界。我惊叹于科技的神奇，同时也被自然的奥秘所震撼。这次奇妙的探险之旅，让我深刻认识到科技与自然并不是水火不容的敌人，而是可以携手共进的伙伴。展望未来，我怀揣着对生态保护的热爱，决心用科技的力量为保护自然贡

献自己的一份力量。合肥市科技馆，我还会再来的！下一次，
我将继续追寻科技与自然的和谐之舞，揭开它们之间更多的神
秘面纱！

天府之韵

　　在现代的高楼大厦与古老的城墙之间，一抬头便能窥见雪山与绿树交织的绝妙画面，这样的自然景观，恐怕在全球也难得一见。成都，这座古老而现代的城市，以其独特的地理位置和丰富的自然资源，成了人们向往的宜居之地。

　　遥想千年之前，诗仙李白和诗圣杜甫也曾为这片土地留下过赞叹的诗句："草树云山如锦绣""窗含西岭千秋雪"。他们的诗句，仿佛穿越时空，将我们带回到那个古老的年代，感受到成都

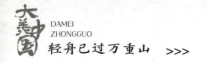

大自然的壮丽与美丽。而如今，成都这座都市更是将这份绮丽与独特发挥到了极致。

成都，这被誉为"天府之国"的瑰宝，犹如一颗镶嵌在西南大地的璀璨明珠。岁月流转，她依旧熠熠生辉，不仅因那深厚的历史积淀与丰富的文化底蕴，更因她独有的自然风貌与和谐的城市规划。

行走在成都的街头巷尾，一眼便能捕捉到这座城市独特的韵味。高耸入云的摩天大楼与古朴厚重的城墙并肩而立，仿佛在诉说着历史与现代的交融之美。夜幕降临，华灯初上，这座城市的每一角落都弥漫着迷人的光彩，古老的街巷与现代都市的霓虹交相辉映，构成了一幅动人的画卷。

然而，成都最引人入胜的，莫过于她那令人陶醉的自然风光。四周青山如黛，绿水环绕，仿佛整个城市被一片广袤的森林公园轻轻拥抱。遥望远处的雪山，在蓝天白云的映衬下更显圣

洁；近处的绿树则摇曳生姿，为都市带来一丝清凉与宁静。在这里，人们可以暂时忘却尘世的喧嚣，沉醉于大自然的恬静与和谐之中。

成都的文化气息同样让人着迷。漫步在古色古香的锦里古街，仿佛能听见历史的回声；而在现代的 IFS 国际金融中心，又能感受到这座城市的蓬勃活力。无论是那激昂高亢的川剧唱腔，还是音乐厅里流淌出的优雅旋律，都彰显着成都文化的多元与包容。

这座城市，既有古都的沉稳与厚重，又不失现代都市的活力与激情。她以独特的魅力，吸引着五湖四海的游客，让他们在这里留下难忘的回忆。

成都，一座来了就不想离开的城市。她不仅是一座城，更是一首流传千年的诗篇，一幅永不褪色的画卷，等待着世人去细细品味，去深深探索。

成都，这座令人心醉的城市，她的魅力远不止于此。她如同一位温婉的佳人，静静地诉说着她的故事，让人不由自主地沉醉其中。

成都的早晨，总是充满了生机与活力。在宽窄巷子的老茶馆里，你可以看到悠闲自得的成都人，他们或品茶聊天，或悠闲地打着太极，享受着这难得的悠闲时光。而街头的早点摊上，热气腾腾的包子、豆浆、油条等美食，更是让人垂涎欲滴。在这里，你可以感受到成都人那份对生活的热爱与追求。

午后，阳光透过云层洒在大地上，给这座城市披上了一层金色的外衣。你可以漫步在武侯祠的庭院中，感受那份历史的厚重与深沉。或者，你也可以来到杜甫草堂，追寻那位伟大诗人的足

迹，感受那份对国家的忧思与对人民的关爱。在这里，你可以触摸到成都的历史与文化，感受到这座城市的灵魂与韵味。

傍晚时分，成都的夜景更是美不胜收。华灯初上，整个城市仿佛披上了一层神秘的面纱。你可以登上339电视塔，俯瞰整个城市的美景，感受那份震撼与感动。或者，你也可以来到九眼桥畔，欣赏那波光粼粼的江面与灯火辉煌的桥梁相映成趣的美景。在这里，你可以感受到成都的繁华与美丽，也可以感受到这座城市的温暖与包容。

除了自然风光与人文景观外，成都的美食更是让人流连忘返。那麻辣鲜香的火锅、香甜可口的串串香、口感细腻的龙抄手……每一道美食都让人回味无穷。在成都的街头巷尾，你可以品尝到各种地道的川菜美食，感受那份独特的味觉盛宴。

成都，这座充满魅力的城市，她以她独特的韵味和魅力吸引着无数游客前来探访。在这里，你可以感受到历史的厚重与文化的底蕴；可以欣赏到自然的美景与城市的繁华；可以品尝到地道的美食，感受那份悠闲的生活。这里，是一个让人心醉的地方，是一个让人向往的家园。无论你来自何方，无论你身处何地，只要你来过成都，你就会深深地爱上这座城市，爱上她的韵味与魅力。

成都以其独特的自然景观、丰富的文化底蕴和强大的经济实力，成为人们向往的宜居之地。在这里，人们可以享受到大自然的怀抱，感受到古老文化的韵味，也可以见证着现代都市的繁华与发展。成都，这座古老而现代的城市，将继续以其独特的魅力，吸引着无数人的目光和心灵。

天赋异禀的成都，自古便受到大自然的偏爱，如今又经政府

的精心雕琢，早已成为人类向往的居住天堂。截至 2023 年 7 月，成都的天府绿道总里程已突破 6500 千米，仿佛一条绿色丝带缠绕在城市间，更点缀着 3500 余个文化旅游和科技设施，宛如明珠镶嵌。此外，成都的公园数量超过 1500 个，其中不乏 4 个国家级森林公园、3 个省级森林公园、2 处国家级自然保护区和 2 处省级自然保护区，为市民和游客提供了与大自然亲密接触的绝佳场所。

　　成都，这座千万人口的大都市，竟是国内唯一能够远眺海拔 5000 米以上雪山的城市！虽然成都市区的平均海拔只有 500 多米，但她却巧妙地融合了平原、丘陵和山区三种地形，仿佛两山呵护着一座城，白水缠绕着城郭，使得成都的自然景观既丰富又瑰丽。当谈及成都的最高峰——西岭雪山时，她的海拔高达 5364 米，雪季长达 5 个多月。四川的景区繁星点点，但大雪塘绝对是其中最闪耀的那一颗！这座山巅常年披着银装，仿佛是大自然的冰雪女王，吸引着无数游客驻足欣赏。大雪塘的美，不只是外在

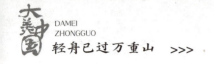
的华丽，更有那种让人心醉神迷的静谧与神秘。仿佛时间在这里偷了个懒，让人忘却了尘世的纷扰，只想沉醉在这片纯净的天地之间。这美景，自然也成了文人墨客的灵感源泉。早在千年前的唐朝，诗圣杜甫就曾惊艳地吟咏出"窗含西岭千秋雪"的佳句。这句诗不仅描绘了大雪塘的壮美，更寄托了对这片土地深深的热爱与敬仰。如今，这句诗已经成了成都人的口头禅，每当提起，都是满满的自豪与骄傲。大雪塘之所以常年银装素裹，全赖其得天独厚的地理位置和气候条件。山峰高耸入云，海拔数千米，气温常年偏低，降雪量更是充沛。一到冬天，大雪塘就被厚厚的白雪覆盖，仿佛变成了一个银白的世界。而到了夏天，虽然气温上升，但山峰高耸，云雾缭绕，阳光难以触及山顶，使得这里始终保持着清凉宜人的气候。除了自然风光，大雪塘还承载着丰富的历史文化内涵。在历史的长河中，这里曾是文人墨客争相游览的胜地。他们在这里留下了许多脍炙人口的诗篇和传说故事，使得

大雪塘不仅是一座山峰，更是一座文化的殿堂。如今的大雪塘已经成为一个世界知名的旅游景点，吸引着五湖四海的游客。他们在这里欣赏美景、感受文化、寻找灵感。对于成都人来说，大雪塘更是心中的一片净土，无论是清晨散步还是周末郊游，这里都是他们最喜爱的去处之一。

大雪塘以其银装素裹的壮丽景色和丰富的历史文化内涵，成为人们心中的胜地。这里既有大自然的神奇魅力，也有人类智慧的无穷光芒。无论是游客还是成都人，大雪塘都是一份值得珍惜和保护的宝贵财富。让我们共同守护这片美丽的土地，让它的光芒永远闪耀！

在这片充满神秘与美丽的土地上，太阳神鸟与三星堆文明、奇石瀑布、草树云海、森林佛光、桂花杜鹃等自然景观和谐共存，宛如一幅细腻且绚丽的画卷，将人类文明与自然之美融为一体，展现出了天府之国的独特魅力。

太阳神鸟，这一古老的神话形象，翩翩起舞，展翅高飞，象征着光明与希望。它不仅是这片土地上人们心中的信仰，更是对太阳崇拜的生动体现。太阳神鸟的美丽形象，不仅让人们感受到大自然的神奇魅力，也激发了人们对未知世界的探索欲望。

三星堆文明，这一璀璨的人类文明瑰宝，熠熠生辉，诉说着古老的历史与传说。三星堆遗址的发现，为我们揭示了古代巴蜀文化的辉煌与神秘，让我们对这片土地上的历史与文化有了更深刻的认识。

奇石瀑布，是大自然的杰作，奏响着激昂的乐章。水流从高处倾泻而下，形成壮观的瀑布，水流撞击着石头，发出悦耳的声音，仿佛是大自然的交响乐。站在瀑布前，人们可以感受到大自

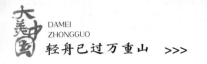

然的磅礴气势，也可以领略到生命的活力与激情。

草树云海，是这片土地上的梦幻仙境。当云雾缭绕在山峰之间，形成一片茫茫云海，与绿树青草相映成趣，构成了一幅美丽的画卷。在这里，人们仿佛置身于仙境之中，感受到了大自然的神秘与美丽。

森林佛光，洒下神秘的祝福。在茂密的森林中，阳光透过树叶的缝隙洒下，形成一道道光束，仿佛是佛光普照。在这里，人们可以感受到大自然的神秘力量，也可以领略到生命的庄严与神圣。

桂花杜鹃，绽放出绚烂的笑颜。每当金秋时节，桂花盛开，香气四溢；而春天，杜鹃花开满山岗，如火如荼。这些美丽的花朵，不仅装点了这片土地，也为人们带来了无尽的欢乐与希望。

在这片神奇的土地上，人类文明与自然景观相互依存、相互辉映，共同缔造了这天府之国、人类心灵的乐土。这里不仅有悠久的历史与文化、壮丽的自然景观，还有勤劳智慧的人民。他们用自己的双手，在这片土地上创造出了丰富的物质文明和精神文明，为这片土地增添了无尽的魅力与活力。

这片神奇的土地以其独特的人文景观和自然景观，展现了天府之国的魅力与神韵。太阳神鸟、三星堆文明、奇石瀑布、草树云海、森林佛光、桂花杜鹃等元素共同构成了这片土地上的美丽画卷，让人们流连忘返、心驰神往。在这里，人们可以感受到大自然的神奇魅力，也可以领略到人类文明的辉煌与美丽。这里不仅是人们心灵的乐土，更是人类文明的瑰宝。

梵天净土

梵净山，那是一首未竟的诗，一幅流动的画，更是一部悠远的历史。它矗立在中国的西南部，是武陵山脉的主峰，也是世界自然遗产的瑰宝。

梵净山，如同大自然和古人共同谱写的一曲赞歌，又如一部千年的史诗，诉说着它无尽的神秘。它的高度，仿佛直插云霄，挑战着我们的想象极限。14亿年前的地质奇观，是梵净山赠予我们的时间之礼，它见证了地球的诞生，山川的形成，一切都是那么原始、那么纯粹。

"梵天净土"，一个充满神秘色彩的名字，诉说着它千年的故事。

梵净山，位于黔东之隅，横亘于铜仁市的江口、印江、松桃三县之间，宛若一颗璀璨的明珠，镶嵌在黔东的大地上。这座以佛教文化为主题的山峰，不仅拥有壮丽的自然风光，更是野生动植物的乐园，是黔金丝猴、珙桐等珍稀物种的家园。

初入梵净山，便被山脚下那条蜿蜒曲折的小径所吸引。小径两旁，茂密的树林与鲜花盛开的草地交相辉映，仿佛是大自然为我们精心准备的一幅画卷。石阶铺设得平整而坚固，宛如历史的脉络，引领着我们一步步走向那神秘的世界。

　　随着脚步的移动，山峰的轮廓逐渐清晰。那巍峨的山体，宛如一座宫殿，屹立在天地之间。登上山顶，眼前豁然开朗，云海翻滚，如波涛汹涌的海洋，将山峰紧紧包裹。远处的山峰若隐若现，仿佛仙境中的仙山，让人心旷神怡。阳光透过云雾的缝隙洒下，将整个山峰照得金光闪闪，散发出一种神秘而又庄严的气息。

　　在山顶之上，有一座古老的寺庙，它是梵净山的灵魂所在。寺庙的建筑古朴而庄严，散发出一股神圣的气息。踏入其中，仿佛进入了一个与世隔绝的圣地。静坐于寺庙之中，闭目冥想，内心便渐渐平静下来。寺庙的钟声在山谷中回荡，如同天籁之音，向世人传递着宁静与祥和。

梵净山，不仅是一座山峰，更是一个充满故事和传说的世界。在这里，你可以感受到大自然的神奇与美丽，也可以领略到佛教文化的博大精深。无论是漫步在山间小径，还是静坐于寺庙之中，都能让人忘却尘世的烦恼，沉浸在这份宁静与祥和之中。

此刻的我，仿佛也成了这梵净山的一部分，与这山水、与这寺庙、与这云雾融为一体。心中充满了对大自然的敬畏与感激，也充满了对生活的热爱与期待。梵净山之旅，不仅是一次视觉的盛宴，更是一次心灵的洗礼。让我更加珍惜这个世界的美好，也让我更加坚定地走好人生的每一步。

梵净山在2018年10月17日荣升为国家AAAAA级旅游景区，那一刻，仿佛整个黔东大地都为之振奋。这座位于贵州铜仁的圣地，不仅以其壮美的自然风光吸引着世人，更因其深厚的佛教文化底蕴和珍稀的野生动植物资源而享誉全球。

梵净山，被誉为"中国十大避暑名山"之一，每当炎炎夏日，人们便纷纷慕名而来，寻找那份难得的清凉与宁静。这里，更是弥勒菩萨的道场，寺庙庄严，钟声悠扬，让人心生敬畏。作为国际"人与生物圈计划"（MAB）的成员，梵净山更是野生动植物的乐园，黔金丝猴、珙桐等珍稀物种在这里繁衍生息，共同守护着这片神圣的净土。

2018年7月2日，当梵净山在巴林麦纳麦举行的世界遗产大会上获准列入世界自然遗产名录时，全世界都为之瞩目。这一刻，梵净山不仅是中国的骄傲，更是全人类的瑰宝。

在梵净山的众多景点中，蘑菇石和万卷经书尤为引人注目。蘑菇石，上大下小，宛如一朵巨大的蘑菇矗立在山间，那是风化

侵蚀后残留的层积岩，历经亿万年的风雨洗礼，依然屹立不倒，成为贵州的标志性景点之一。而万卷经书则更是气势恢宏，整座山体层层叠叠堆砌有序的页岩，势如卷帙浩繁的古代典籍齐天堆放，让人不禁感叹大自然的神奇与伟大。

漫步在梵净山的小径上，仿佛置身于一个神秘的世界。阳光透过茂密的树林洒下斑驳的光影，山间的鸟鸣声和溪水的潺潺声交织成一首动听的交响曲。沿着小径向上攀登，每一步都仿佛踏在历史的脉络上，感受着大自然的神奇与美丽。

站在梵净山的山顶，俯瞰着脚下的云海和群山，心中不禁

涌起一股豪情壮志。这里，是大自然的杰作，也是人类智慧的结晶。让我们共同珍惜这片美丽的土地，守护好这份宝贵的自然遗产。

如今，尽管岁月如梭，梵净山依然保持着那份原始的容貌，仿佛在告诉我们：这里，是生命的起源，是时间的终点。它更是生命的乐园，7100多种生物在此繁衍生息，每一个生命都在这里找到了它的位置，每一个物种都在这里展现了它的独特。黔金丝猴在林间跳跃，鸟儿在枝头歌唱，每一片叶子都在讲述着它们的故事。

这里也是文化的交汇点，2000多年的历史沉淀，让梵净山不仅是一座山，更是一种精神的象征。古人在这里留下了他们的足迹和诗篇，每一字、每一句都充满了对这座山的敬仰和热爱。梵净山的佛教文化更是源远流长，从唐到明，无数的僧侣在这里修行、在这里悟道，他们在这里建起了寺庙，刻下了经文，用他们的虔诚和毅力，为梵净山增添了神秘和魅力。

在中国山岳之中，梵净山也许不是最大、最高、最秀丽的，但它的美是独特的、是无可替代的。它既有大自然的壮丽景色，又有深厚的人文底蕴；既有原始洪荒的地质奇观，又有繁花似锦的生物多样性。它是自然与人文的完美结合，是历史与现代的交汇点。

站在梵净山之巅，你会感到一种从未有过的宁静和豁达。你会觉得，世界仿佛就在你的脚下，一切都变得那么渺小、那么微不足道。而你，只是一个观者、一个感受者，试图去理解和领悟这座山的真谛。梵净山的美，不仅仅是视觉上的享受，更是一种心灵的洗礼。它让我们明白，生命的真谛不在于你拥有多少物质财富，而在于你如何与大自然和谐共处、如何让自己的心灵得到真正的安宁。

每一次来到梵净山，都会有不同的感受和领悟。因为这座山本身就是一部不断生长、不断变化的历史长卷，每一次翻阅都会有新的发现、新的启示。所以，让我们一起来感受梵净山的生态之美、人文之美、自然之美吧！让它的美融入我们的心灵深处，成为我们人生旅程中永恒的伴侣和灵感之源。在这里，我们可以找到自己的位置、找到自己的方向、找到生命的真正意义和价值。

梵净山，一座充满神秘与魅力的圣地，犹如一颗镶嵌在地球上的璀璨明珠。它位于我国西南部，崛起于武陵山脉之中，是世界自然遗产的一部分，被誉为"中国最美山峰"。其名字"梵天净土"寓意着它超凡脱俗的境界，仿佛是大自然和古人的一首赞美诗篇。

走进梵净山，那原始洪荒的气息便扑面而来，仿佛一幅古老的画卷在眼前徐徐展开。它坐落在黔东大地，不仅因其险峻挺拔的山势而著称，更因其独特的四大天象景观——云瀑、禅雾、幻影、佛光，而增添了几分神秘色彩。

走进梵净山，仿佛穿越了时空的隧道，回到了那混沌初开的年代。重峦叠嶂，林木葱郁，古木参天，仿佛在诉说着亿万年的沧桑。这里，没有人工的雕饰，只有大自然的鬼斧神工，每一处都散发着原始洪荒的气息。行走其间，仿佛能听到大自然的呼吸声，感受到那股磅礴的力量。

而云瀑，更是梵净山的一大奇观。当云雾从山间涌起，如同瀑布般倾泻而下，那场景蔚为壮观。云雾缭绕在山间，时而聚拢，时而飘散，仿佛是大自然在尽情地挥洒着她的画笔。站在山巅，俯瞰着那云瀑，仿佛置身于仙境之中，让人心旷神怡。

禅雾，则是梵净山的另一种神秘景象。清晨或傍晚时分，山间便会涌起一层淡淡的雾气，如同轻纱般笼罩在山林之间。

那雾气轻柔而缥缈，仿佛是大自然在诉说着禅意。在这禅雾之中，人们可以感受到内心的宁静与平和，仿佛与世隔绝，只与大自然相伴。

幻影，是梵净山最为神秘的天象景观之一。当阳光透过云雾的缝隙洒在山间，那光影变幻莫测，如同幻影般迷离。有时，你会看到一座山峰在云雾中若隐若现，仿佛是一位神秘的仙人在向你招手；有时，你又会看到一片树林在阳光下闪闪发光，如同一片金色的海洋。那幻影般的景象，让人仿佛置身于一个梦幻般的世界。

而佛光，则是梵净山最为神圣的天象景观。当阳光照射在山

顶的岩石上，那光芒经过折射和反射，形成了一道道绚丽的光束。那光束如同佛光般普照大地，给人一种庄严而神圣的感觉。站在山顶，沐浴在佛光之中，仿佛可以感受到一种超凡脱俗的力量，让人心灵得到净化。

梵净山的四大天象景观，为这座神山增添了几分神秘色彩。它们是大自然的

杰作，也是梵净山独有的魅力所在。每一次来到梵净山，都会被这里的美景所震撼，被这里的神秘所吸引。这里，是一个让人流连忘返的地方，也是一个让人心灵得到升华的地方。

在这片"梵天净土"中，让我们与大自然共舞，感受生命的无尽魅力。

大潮的呼唤

惊涛拍岸，堆起千层浪，这是大潮的呼唤。

去钱塘潮，观潮去！

哇！看那边！那条白线在向我们冲刺，就像一条巨龙在江面上翻滚。越来越近了，它已经拉长变粗，变成了一道水墙，目测有两层楼那么高哦！哇塞，真是太刺激了！浪潮就像千万匹白色的战马，一起冲刺着向我们飞奔而来。那声音简直就像山崩地裂，感觉大地都在颤抖。哇塞，太震撼了！突然间，潮头就像被什么东西吸走了一样，向西边狂奔而去。但是别以为这就完了，余波还在疯狂地涌来，江面上依然风号浪吼。哇塞，真是太刺激了！过了好久好久，钱塘江才终于恢复了平静。看看堤下，江水已经涨了两丈多高了。哇塞，真是太壮观了！

在华夏大地的东南角，有一条江叫钱塘江，它滔滔地流入东海。这里的潮水，自古以来就名扬四海，每年都吸引着无数游客，只为一睹那天地之间的壮美奇景。

在潮水到来的前奏，远处的水面上，细心看去，你会发现一点白光，它若隐若现。就在你眨眼的瞬间，那白点逐渐变大，犹如一根银色的细线在空中起舞。随着轰鸣声越来越响，那银线翻滚、跳跃，瞬间变成了一道翻腾的白色水墙。

潮水汹涌而至，速度快得让人措手不及。那潮头高耸入云，后浪推着前浪，层层叠叠，宛如一条巨大的白色绸带疯狂地席卷而来。它的声音震撼如雷，它的气势磅礴如洪。这巨大的潮水，仿佛是江水内心深处积蓄的能量，在一刹那爆发出来，让人惊叹不已。

观潮已经成了华夏民族的一种传统习俗，自汉魏以来已有千年历史。每到特殊的日子，人们都会聚集在江边，共同见证这大自然之力的壮美与震撼。

每当潮水退去，江面恢复平静，但那激荡的心与记忆中的浪潮声却长久不散。这不仅仅是一种自然现象，更是钱塘江对历史的见证，对未来的期许。

现在的钱塘潮已经成了一个文化符号，一个象征着力量与希望的标志。正如诗中所说："钱塘一望浪波连，顷刻狂澜横眼前。看似平常江水里，蕴藏能量可惊天。"在这滚滚江水之中，我们不仅看到了自然的力量，更看到了人类对美好事物的追求与向往。

　　午后一点左右，从远处传来隆隆的响声，好像闷雷
滚动。顿时人声鼎沸，有人告诉我们，潮来了！我们踮着
脚往东望去，江面还是风平浪静，看不出有什么变化。
过了一会儿，响声越来越大，只见东边水天相接的地方
出现了一条白线，人群又沸腾起来。那条白线很快地向
我们移来，逐渐拉长，变粗，横贯江面。再近些，只见白
浪翻滚，形成一堵两丈多高的水墙。浪潮越来越近，犹如
千万匹白色战马齐头并进，浩浩荡荡地飞奔而来；那声音
如同山崩地裂，好像大地都被震得颤动起来。

　　　　　——选自部编版小学语文教材四年级上册《观潮》

　　作者用生动的语言，丰富的想象，细腻的笔触，描写了钱塘
江大潮由远而近、奔腾西去的全过程，写出了大潮的雄伟壮观，
表达了对钱塘江大潮奇观的惊叹与热爱。课文按照"潮来之前""潮
来之时""潮退之后"的时间顺序记叙的，重点描写了潮来之时
潮水的壮观景象；从声音和样子两方面写出了潮水的宏伟气势。
表达了对钱塘江大潮奇观的惊叹与热爱。

　　大潮形成的原因是什么呢？

　　原因很多，有天时、地利、风势等。农历的八月十六日至
十八日，这段日子里，太阳、月球、地球几乎在一条直线上，海
水受到的引潮力最大。另外，钱塘江口状似喇叭形，潮水易进难
退，江面迅速缩小，潮水后浪推前浪。钱塘江多沉沙，对潮流起
阻挡和摩擦作用，使潮水前坡变陡，速度减缓，形成后浪赶前
浪。还有风在助力。

　　每当农历八月十六日至十八日，大海仿佛被注入了一股神

秘的活力。太阳、月亮和地球排成一线，像是在玩一场无声的舞蹈。海浪，它们不再只是简单地拍打着岸边，而是开始欢快地跳跃、旋转，仿佛在庆祝一个盛大的节日。

钱塘江口，这个天然的大喇叭，正等待着大潮的到来。与此同时，那50万亩的围垦大地像守护神一样静静地伫立，与江口一同为即将上演的戏码做着精心的布置。杭州湾外宽阔的海水缓缓涌入，但到了钱塘江口时，它们突然被压缩成一股强大的力量。就像是千军万马被困在狭窄的通道中，后方的士兵不断推动着前方的同伴，形成了一道道壮观的潮水。

而那些在钱塘江底沉睡着的沙砾，仿佛是大地的小精灵，它们用自己的身躯抵挡着潮水的冲刷，使得潮水变得更加汹涌澎湃。每一个浪头都像是被推上了高台，然后重重地砸下，再被后方的浪潮推动着继续前行。

此时，东南风也来凑热闹。它轻轻吹拂着潮水，仿佛是乐队

的指挥棒，引领着潮水进行一次又一次的冲锋。在这样的天时地
利人和之下，潮水不再只是简单的涨落，而是一场充满激情与力
量的表演。

大潮，它不仅仅是一种自然现象，更是大自然与我们共同演
绎的一场盛大的戏剧。每一次潮水的涌动，都是对生命的赞歌，
对自然的敬畏。而我们，作为观众，能够有幸见证这一幕幕的壮
丽景象，也实属一件幸事。

大潮分为若干类，即交叉潮、一线潮、回头潮、冲天潮、半
夜潮、丁字潮、怪潮和鬼王潮等。每一种潮都有其独特的形成原
因和景观特点。冲天潮和半夜潮是最具观赏性的潮水。

农历七月十八的"鬼王潮"，更是异常壮观。大潮是一种自然
现象，其形成原因和景观特点多种多样。通过了解和欣赏大潮，
人们可以更好地认识和欣赏自然之美，也可以更好地理解自然界
的奥秘和规律。钱塘江大潮，真是让人惊叹不已！瞧，那两股潮
头在绕过沙洲后，就像两兄弟一样交叉相抱，形成变化多端、异
常壮观的交叉潮。海面雷霆聚，江心瀑布横，简直太壮观了！

想象一下，两股潮在相碰的瞬间，激起一股水柱，高达数

丈，浪花飞溅，惊心动魄。待到水柱落回江面，两股潮头已经呈十字形展现于江面上，并迅速向西奔驰。同时交叉点像雪崩似的迅速朝北转移，撞在顺直的海塘上，激起一团巨大的水花，跌落在塘顶上。

别急，还有更刺激的呢！如果你想感受那排山倒海的气势，就赶快驱车到盐官吧！在这里，你将看到一线潮的壮观景象。未见潮影，先闻潮声，轰隆隆的巨响犹如万面战鼓同时擂响。远处雾蒙蒙的江面出现一条白线，迅速西移，犹如"素练横江，漫漫平沙起白虹"。再近点，白线变成了一堵水墙，逐渐升高，"欲识潮头高几许，越山浑在浪花中"。随着一堵白墙的迅速向前推移，涌潮来到眼前，有万马奔腾之势，雷霆万钧之力，势不可当。

还有老盐仓的回头潮和南阳赭山的美女坝冲天潮也不容错过。那里的潮水会像被网兜住一样直冲云天，形成壮观的冲天潮。半夜时分，你还可以听到江面上传来"沙沙"的响声，那是钱塘江在涨潮。此时，月色、潮声和篝火芦花交织在一起，浪漫至极。

苏东坡曾赞叹道："定知玉兔十分圆，已作霜风九月寒。寄语重门休上钥，留得夜潮月中看。"

丁字潮。是两股潮形成了一个"丁"字，我们不知道如何形成了这样的奇观。"丁字潮"的形成原因还要研究。

怪潮。钱塘江的江道河床变化多端，可能前一米江水还很浅，后一米就会很深，弯道较多加上潮水大小有别，以及潮波遇到类似沙洲类的障碍物反射，这些都可能是形成类似"怪潮"的原因。

鬼王潮。农历七月十八，为农历七月望汛大潮，俗称"鬼王潮"。

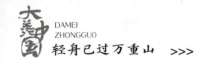

丁字潮、怪潮和鬼王潮等奇观等你来探索！总之，钱塘江大潮绝对是你一生中不能错过的壮观景象！快收拾行囊，来一场与大潮的亲密接触吧！

每年的农历八月十五，这可是个不能错过的盛大场面！潮水汹涌澎湃，那潮头可是能高达数米呢！你知道吗？在农历八月十八这天，还有水军在钱塘江上检阅，这都成了传统了。

除了这三天，每个月的月初和月中都有大潮可以看，这叫"一潮三看"，真是个追潮游的好机会。每到中秋佳节，四面八方的游客都争先恐后地赶来，都想一睹钱塘江潮的壮观景象，那真是人山人海，热闹非凡。

不过，有时候潮水太大，会涌上江岸，甚至伤到观潮的人。有文献记载，《载敬堂集·江南靖士诗稿·观钱塘潮》这首诗就描述了这一奇景："乍起闷雷疑作雨，忽看倒海欲浮山。万人退却如兵溃，浊浪高于阅景坛。"

其实，距离杭州50千米的海宁盐官景区才是最佳的观潮地点。不过话说回来，古时候杭州的凤凰山和江干一带也是观潮的好地方。只是地理位置变了，从明代开始，海宁盐官就成了观潮的首选地啦！

历代文人墨客关于观潮咏潮的诗词也多得无以计数，留下了许多脍炙人口的名篇佳作。如"八月十八潮，壮观天下无"（苏轼《催试官考较戏作》），"漫漫平沙走白虹，瑶台失手玉杯空。晴天摇动清江底，晚日浮沉急浪中。"（陈师道《十七日观潮》）

徐志摩给胡适等人写了一封信，邀请他们来观潮。在信中，徐志摩还写上李白的一首横江词：

海神来过恶风回，浪打天门石壁开。

浙江八月何如此？涛似连山喷雪来！

1923年9月28日，胡适、陶行知、任叔永、陈衡哲、朱经农、马君武、高梦旦、曹佩声等人前来观潮。

徐志摩同好友一起来到江边，面对着这雄伟辽阔的江面，诗人说道："诸位，在我眼中，这季节仿佛忘记了春天，树枝不再展现叶子的嫩绿，更没有我所喜欢的高远处蓝空上飘过的那朵朵轻云。"

话音未落，堤岸上的几个小男孩，挥手高呼着："涨潮了，涨潮了！"

这次观潮给大家留下了深刻的印象。

胡适在日记里写道：

今天为八月十八，潮水最盛。我和娟约了知行同去斜桥，赴志摩观潮之约。早车到斜桥，我们先上了志摩定好的船。上海专车到时，志摩同了精卫、君武、叔永、莎菲、经农和一位潘萨大学史学家 Miss Ellery（爱勒略小姐）一齐来。我们在船上大谈。船开到海宁，看潮。潮到时已近一点半钟。潮初来时，但见海外水平线上微涌起一片白光，旋即退下去了。后来有几处白点同时涌上，时没时现，如是者几分钟。忽然几处白光联成一线了。但来势仍很弱而缓，似乎很吃力的。大家的眼光全注在光山一带，看潮很吃力地冲上来：忽然东边潮水大涌上来了，忽然南面的也涌上来了。潮水每个皆北高而斜向南，远望去很像无数铁舰首尾相接着，一齐横冲上了。一忽儿，潮声澎湃震耳，如千军万马奔腾之声，不到几秒钟，已甬涌到塘前，转瞬间已过了我们面前，汹涌西去了。看潮后，叔永们回上海了，马、汪、徐、曹和我五人回到杭州。晚上在湖上荡舟看月，到夜深始睡，这一天很快乐了。"

——胡适《日记》

历代文人也有写观潮的佳作：

《观潮》

宋·苏轼

庐山烟雨浙江潮，未到千般恨不消。

到得还来别无事，庐山烟雨浙江潮。

南宋周密在《观潮》里写道：

浙江之潮，天下伟观也，自既望以至十八日为最
盛。方其远出海门，仅如银线，既而渐近，则玉城雪

岭，际天而来，大声如雷霆，震撼激射，吞天沃日，势
极豪雄。

伟人毛主席写观潮的诗词：

《七绝·观潮》

毛泽东

千里波涛滚滚来，

雪花飞向钓鱼台。

人山纷赞阵容阔，

铁马从容杀敌回。

毛主席的诗词苍劲雄浑，纵横捭阖，气势如虹。钱塘江潮水
排山倒海般的气势与伟人包举宇内的胸襟，交相汇合，内气与外
景互会，堪称天成之作。

轻舟已过万重山

白帝城，千古名城，屹立于重庆奉节之白帝镇，临江而立，傲视瞿塘。此地，非寻常之所，乃山水之间一瑰宝，岁月长河中一明珠。唐代大诗人李白，在此写下那首脍炙人口的七绝诗《早发白帝城》。三国鼎立时，曾发生刘备病逝前托孤的历史故事。

李白《早发白帝城》：

朝辞白帝彩云间，千里江陵一日还。

两岸猿声啼不住，轻舟已过万重山。

这首《早发白帝城》是李白一生心境的写照，当他须发霜白，万重坎坷走过，轻舟已过万重山。

一路风雨行舟，千山万水穿过。

白帝城，诗与远方的交织。

白帝城，屹立于长江之滨，宛如一颗璀璨的明珠，镶嵌在三峡的西入口。这里，是自然与人文的交融之地，是一幅自然的神奇画卷和文化艺术走廊。

白帝庙是白帝城的核心建筑，庙内主要建筑为嘉靖时期所建的明良殿，殿内刘备、诸葛亮、关羽、张飞塑像。武侯祠内供诸

葛亮祖孙三代像。祠前有观星亭。在明良殿和武侯祠左右两侧藏有各代名碑。

自古以来，白帝城便备受文人墨客的青睐。李白、杜甫、苏轼、文天祥、杨万里、白居易等文人骚客，都曾在此留下过千古名篇。他们或挥毫泼墨，或浅吟低唱，将白帝城的美丽与神秘，化作文字，流传千古。因此，白帝城也被誉为"诗城"。

远观白帝城，它就像一个葫芦，前大后小，前低后高，四面环水，宛如一座孤岛，漂浮在长江之上。漫步在古径幽林，你会被那红了又绿、绿了又红的红叶所吸引。江风拂过，带来一阵阵清香，让人流连忘返。

站在烽火台前，抚摸着那斑驳的大炮，仿佛能听到震天的战鼓和越云的厮杀声。烽烟滚滚、金戈铁马的古战场仿佛就浮现在眼前，让人感受到历史的厚重与沧桑。

　　伫立白帝城之巅，瞿塘峡的壮美景色便展现在眼前。赤甲山和白盐山对峙，如同两位巨人，锁住了长江的咽喉，形成了雄伟壮美的夔门。站在这里，你会被大自然的鬼斧神工所震撼，感叹于它的神奇与美丽。

　　俯视脚下，昔日咆哮奔腾的长江水，如今已变得安静如娴淑的少女。她轻盈地与夔门擦身而过，穿过绵绵群山，延伸到远方。阳光洒在江面上，波光粼粼，闪烁着点点金光。初升的太阳跃出赤甲山顶，撕开了布满峡谷的晨雾，洒下一江的绯红。江上微波粼粼，巍巍夔门便在这光与影的交错中多了几分妖娆与妩媚。

　　然而，白帝城不仅仅是一幅美丽的画卷，更是一个充满生机与活力的地方。在这里，你可以看到可爱调皮的小猴子在庭楼上嬉戏玩耍。它们三五成群地站在庭楼之上，礼貌地接过游客投喂的小零食，那可爱的样子惹得小朋友们驻足观看，久久不愿离去。这些小猴子给白帝城增添了几分灵动与生机，让这座古老的城池焕发出新的活力。

　　白帝城，一个充满诗意与远方的地方。在这里，你可以感受到大自然的神奇与美丽，也可以领略到历史与文化的厚重与沧桑。这里，是诗与远方的交织之地，也是心灵与自然的交融之所。

　　夔门之韵。

　　出了竹枝园，我沿着石径缓缓下山，每一步都似在历史的脉络中穿行。途中，有一处静谧之地，乃是欣赏夔门的绝佳所在。我驻足此处，仿佛能听到历史的回声在耳边低语。

　　白帝城的东北面，便是那天下闻名的瞿塘峡。它不仅是地理上的一道奇观，更是第五套人民币 10 元纸币的背面图案，将这份壮美带进了千家万户。站在这儿，极目远眺，瞿塘峡两岸峭壁如削，高耸入云，犹如大自然的鬼斧神工。

浩浩江水，从远方奔腾而来，咆哮着，冲开巍峨耸立的白盐、赤甲二山。那场面，壮观而震撼，让人不禁想起"众水会涪万，瞿塘争一门"的诗句。江水一路向东而去，波涛汹涌，气势磅礴，仿佛在诉说着千年的故事。

"险莫若剑阁，雄莫若夔门。"这句古语道出了夔门的雄伟与险峻。夔门自古便有"镇全川之水，扼巴鄂咽喉"之誉，它不仅是一道自然屏障，更是历史的见证者。多少英雄豪杰曾在此留下足迹，多少文人墨客曾在此挥洒笔墨。

此情此景，让我不禁想起了诗圣杜甫在这里写下的天下第一律诗《登高》中的名句："无边落木萧萧下，不尽长江滚滚来。"

这诗句不仅描绘了夔门秋日的萧瑟与长江的浩渺，更表达了诗人对家国天下的深沉感慨。站在这里，我仿佛能感受到那份历史的厚重与文化的深沉。

夔门，一个充满传奇与故事的地方。它见证了历史的变迁，也承载了文化的传承。在这里，我感受到了大自然的壮美与历史的厚重，也领略到了文化的魅力与深邃。愿这份美好与感动，能永远留在心间。

瞿塘峡，犹如长江上的一道天堑，矗立于四川盆地与三峡之间，成为长江进入壮丽三峡的门户。它以其独特的地理景观和磅礴的气势，吸引了无数游人的目光，让人心生敬畏。

两岸高山，壁立千仞，凌江夹峙，仿佛是大自然的巨手，紧紧扼住了长江的咽喉。江水在此处变得汹涌澎湃，如万马奔腾，如巨龙翻滚，发出震耳欲聋的轰鸣。那水声，仿佛是天地间的乐章，让人心潮澎湃，难以平静。

站在瞿塘峡的岸边，远望那奔腾的江水，仿佛能感受到它所带来的无尽力量。它如同一匹脱缰的野马，恣意奔腾，无拘无束。而那两岸的高山，则像是它的守护者，静静地矗立在那里，守护着这片壮丽的土地。

瞿塘峡，不仅有着雄奇的自然景观，更有着深厚的历史文化底蕴。自古以来，这里就是文人墨客的灵感之源。他们在这里挥毫泼墨，留下了许多脍炙人口的诗篇。那些诗句，如同江水一般，奔腾不息，流传千古。

"夔门天下雄"，这是对瞿塘峡最贴切的赞美。它不仅仅是一个地理名词，更是一种精神的象征。它代表着坚韧不拔、勇往直前的精神，激励着人们不断追求更高的目标。

在瞿塘峡的岸边，我静静地站立着，感受着那水声轰鸣、山势险峻的壮观景象。我仿佛能听到大自然的呼吸声，感受到它的脉搏跳动。这一刻，我深深地被这片土地所吸引，被它的美丽和力量所震撼。

瞿塘峡，你是长江的门户，是自然的杰作，更是人们心中的胜地。愿你的美丽和力量永远流传下去，成为人们心中永恒的记忆。

昔日，白帝城乃军事要地，三国时期刘备托孤之地，历史之厚重，可见一斑。如今，这座古老的城池，被中华人民共和国国务院公布为第六批全国重点文物保护单位，犹如一颗璀璨的明珠，镶嵌在华夏大地的历史长河中。

白帝城之美，不仅在于其历史之悠久，更在于其景致之壮丽。瞿塘峡夔门，壁立如削，两岸崖壁陡峭，犹如鬼斧神工。而垂直看去，方能发现那隐藏在三峡喀斯特峡谷区的"刃脊"，陡峭如刀刃，险峻异常。此等奇景，通常只在冰川侵蚀的高海拔或高纬度地区方能得见，而今竟在亚热带气候区的瞿塘峡现身，真乃自然之鬼斧神工，令人叹为观止。

漫步于白帝城，仿佛穿越千年，回到了那个英雄辈出的时代。那些金戈铁马、刀光剑影的历史画面，在眼前一一浮现。然而，沧海桑田，时光荏苒，瞿塘峡的江水已不复往日的湍急之势，变得宁静而平缓。那"朝发白帝，暮到江陵"的壮丽景象，如今已成为历史长河中的一段佳话。

站在白帝城之巅，俯瞰长江三峡，只见江水滔滔，气势磅礴。两岸青山相对，绿树成荫，构成了一幅美丽的画卷。白帝城，就像一位历史的守望者，静静地守护着这片土地，见证着岁月的

变迁。

2020 年，白帝城当选"巴蜀文化旅游走廊新地标"，这是对其历史价值和文化内涵的充分肯定。2022 年，白帝城被列入重庆首批历史名园名单，更是彰显了其在重庆乃至全国的重要地位。

白帝城，一座承载着千年历史的古老城池，一座充满魅力的旅游胜地。它见证了历史的沧桑巨变，也见证了中华民族的伟大复兴。让我们共同守护这片美丽的土地，传承其悠久的历史文化，让白帝城永远熠熠生辉。

在三峡之巅的攀爬起点垇口，我停下了脚步。不是疲惫，而是被眼前的景象所吸引，仿佛置身于一幅流动的画卷之中。

一串串金黄的脐橙挂在枝头，仿佛是秋日的使者，带来了丰收的喜讯。那些硕大的果实沉甸甸的，把树枝都压弯了腰，仿佛在诉说着这片土地的富饶与慷慨。果上的点点雨露，在阳光的照耀下，晶莹剔透，闪烁着诱人的光泽，仿佛是调皮的果汁悄悄地渗透出来，引诱着人们的味蕾。

　　我轻轻走近，抚摸着那光滑的果皮，感受着它带来的温暖和喜悦。每一颗脐橙都承载着大自然的恩赐，也凝聚着果农们的辛勤与汗水。我仿佛能够闻到那浓郁的果香，那是秋天的味道，也是丰收的味道。

　　放眼望去，群山连绵，峰峦叠嶂。它们或高或低，或远或近，交织成一幅壮丽的画卷。我凌空俯瞰，只见长江水宛如一条玉带，蜿蜒曲折地流淌在群山之间，将夔门紧紧地环绕着。那江水碧绿如玉，清澈见底，在阳光的照耀下闪烁着粼粼波光，宛如一条巨龙在峡谷中穿梭游走。

　　我站在坳口之上，感受着大自然的壮美与神秘。那金黄的脐

橙、碧绿的江水、连绵的群山，构成了一幅完美的画面。我仿佛能够听到大自然的呼吸声，感受到它的生命力与活力。

此刻的我，心中充满了感激与敬畏。感激大自然的馈赠，让我能够欣赏到如此美丽的景色；敬畏大自然的伟大，让我对生命有了更深刻的理解。

我深深地吸了一口气，将这份美好与喜悦深深地留在心底。我知道，这将是我一生中最难忘的回忆之一。在三峡之巅的攀爬起点坳口，我遇见了金黄脐橙的丰收、连绵群山的壮丽以及长江水玉带般的环绕。这一切的美好，都将成为我前行路上的动力与信仰。

立于白帝城之巅，我仿佛站在了历史与自然的交汇点。脚下，是千年的石板路，通向那曾经英雄辈出、文人墨客云集之地；眼前，是滚滚长江，波澜壮阔，如同历史的长河，奔流不息。

风，从三峡的深处吹来，带着些许凉意，却也带着一种说不出的韵味。我闭上眼睛，深吸一口气，仿佛能够嗅到古代诗人笔下的气息——那是"朝辞白帝彩云间"的绚烂，是"千里江陵一日还"的豪情，是"无边落木萧萧下"的寂寥，是"不尽长江滚滚来"的壮阔。

我缓缓睁开眼睛，望向远方。那是一片无边的江天，水天一色，蔚为壮观。云彩在天空中自由地舒展，仿佛在为诗人们的诗篇描绘背景。我轻轻诵读着那些名诗，每一个字、每一个词都仿佛跃然纸上，化作一道道美丽的风景。

"东边日出西边雨，道是无晴却有晴。"刘禹锡的诗句在我耳边回响。这不仅仅是对自然景象的描绘，更是对人生哲理的阐述。生活中，总是充满了变数和不确定性，但正是这些变数和不

确定性，构成了生活的多彩和丰富。

　　我闭上眼睛，任由思绪飘飞。我仿佛看到了诗人们在此挥毫泼墨的身影，听到了他们低吟浅唱的声音。他们用自己的笔，描绘出了这片土地的美丽和魅力；他们用自己的诗，赋予了这片土地更加深厚的文化底蕴。

　　白帝城，这座古老的城池，因为有了这些名家的诗篇而更加声名远扬。它不仅仅是一座城池，更是一座文化的宝库。在这里，我感受到了历史的厚重和文化的深邃；在这里，我领略了自然的壮美和人文的韵味。

　　我站在白帝城之巅，任由风吹拂着我的脸庞。我知道，这一刻的我，已经与这片土地、这些诗篇融为一体。我将永远铭记这一刻的美好和感动，让它们成为我生命中永恒的回忆。

圆明园

　　在圆明园中漫步，我不禁想起那些曾经的辉煌。这座园林曾是皇家宴游、行乐的胜地，曾经有过无数次的欢声笑语，然而现在只剩下寂静与沧桑。那些曾经的繁华景象，如今只能在想象中寻找。

　　当我站在那座废墟之上，心中涌起的是一种复杂的情感。那是对历史的敬畏，对往昔的怀念，也是对未来的期许。这片土地见证了太多的兴衰荣辱，也承载了太多的悲欢离合。它告诉我们，历史是残酷的，但也是我们前进的动力。

看着这片废墟，我不禁想起那些曾经生活在这里的人们。他们或许曾在这片园林中欢笑、游玩，享受着生活的美好。然而，历史的巨轮无情地碾过，将这一切化为灰烬。他们的笑声、泪水、欢乐与痛苦，都随着时间的流逝而逝去了。

然而，这片废墟也给了我一种力量。它让我明白，无论历史有多么残酷，我们都有能力去改变未来。我们可以从历史的教训中汲取智慧，为未来创造更多的美好与繁荣。

圆明园，一个充满历史沧桑感的皇家园林。它见证了历史的兴衰荣辱，也承载了太多的悲欢离合。在这里，我们可以感受到历史的厚重与沧桑，也可以为未来创造更多的美好与期待。让我们珍惜当下，为未来创造更多的美好与繁荣。当我离开圆明园，

那份复杂的情感依然萦绕在心头。我想，这种情感是不会因时间而改变的。它既是历史的回忆，也是对未来的期望。

圆明园，这个曾经的皇家园林，如今是历史的遗迹，也是文化的瑰宝。阳光洒在古老的建筑上，映照出岁月的痕迹，仿佛在诉说着过去的辉煌。

踏入园中，我仿佛置身于一个古老的故事中。湖水清澈，荷花争艳，鱼儿穿梭其间，仿佛在向我展示着它们的生活。湖畔的垂柳轻拂水面，让我感受到了大自然的和谐与美好。

走进大水法，我感受到了圆明园曾经的辉煌。这座宏伟的建筑见证了历史的变迁，也见证了中华民族悠久的历史与文化。

漫步在花坛中，我仿佛置身于一个五彩斑斓的花海之中。蝴蝶翩翩起舞，蜜蜂忙着采蜜，让我感受到了大自然的魅力与美好。

漫步在长廊中，我看到了精美的壁画和雕刻。这些艺术品充满了丰富的历史文化内涵，让我感受到了中华民族深厚的文化底蕴。

漫步于北京的古道上，风尘之中，我瞥见一抹历史的云烟，一座昔日繁华如今沉寂的园林。每每提及此名，便有百转千回之情愫涌上心头。

昔日的圆明园，是何等的辉煌。它集历代皇家园林之大成，汇聚了天下之珍宝。玉石、铜鼎、书画、瓷器，皆为当时的瑰宝。一砖一瓦，都似乎在诉说着那过去的盛世。然而，这辉煌的背后，却隐藏着一段沉重的历史。清末之际，列强入侵，圆明园未能幸免。那些贪婪的强盗，如狼似虎，掠夺了园中的珍宝，又一把火焚烧了这座园林。那火光映照在夜空中，仿佛是历史的血泪。圆明园的毁灭，不仅仅是一座建筑的坍塌，更是中华文化的一次重创。而今，当我走进这片废墟，历史的沧桑与沉重如潮水般涌上心头。那些残垣断壁，仿佛在诉说着曾经的辉煌与屈辱。每一寸土地，都似乎在哭泣。我深感震撼与敬仰，不仅为圆明园的历史文化，更为其遭遇的劫难与重生。这劫难，让我们沉思。历史是一面镜子，它让我们看到过去的辉煌与沉沦，也让我们明白当下的责任与担当。我们不能忘记过去，不能忘记那些为了民族独立和人民幸福而英勇牺牲的先烈。

圆明园的毁灭，让我们更加珍视和平与繁荣。我们应该铭记历史，不忘初心，继续前行。只有这样，我们才能真正实现中华民族的伟大复兴。站在圆明园的废墟上，我思绪万千。这座园林见证了历史的沧桑巨变，也见证了中华民族的崛起与奋斗。让我们携手共进，为建设一个更加美好的未来而努力！

圆明园的历史文化让我深感震撼与敬仰。它不仅是一座皇家园林，更是一个承载着中华民族历史与文化的宝库。在这里，我感受到了中华民族的骄傲与自豪，也更加坚定了我们传承和弘扬中华文化的信念。

在离开圆明园的那一刻，我心中充满了感慨与敬意。我深知自己无法完全领略这座园林的美丽与历史文化内涵，但我会将这份感动与敬意永远铭记在心。我相信，在未来的日子里，我会更加珍惜和传承中华民族的文化遗产，让它们永远熠熠生辉。

圆明园的废墟让我明白，历史不仅仅是一段段的故事，它更是我们生活的一部分，影响着我们看待世界的方式。每当我回想起那座废墟，我都能感受到那份厚重的历史气息，仿佛能听到历史的回声在耳边响起。

　　我也明白了，尽管历史充满了苦难和挫折，但我们不能因此而放弃对未来的希望。历史是由人书写的，我们的未来也是由我们自己创造的。我们可以从历史中汲取智慧，避免重蹈覆辙，也可以借鉴历史的经验，为未来的发展提供指导。

　　圆明园的废墟也是一面镜子，映照出我们的过去和未来。它让我们看到历史的残酷，也让我们看到人性的光辉。它让我们明白，无论面对多大的困难和挑战，我们都有能力去改变和创造更美好的未来。这些历史的记忆，让我更加明白自己的责任和使命，让我更加坚定地走向未来。

　　当我再次回想起圆明园的那片废墟，我心中充满了感慨和敬畏。我为那些曾经生活在那里的人感到悲痛，也为那些为历史进步付出过努力的人感到敬意。我相信，只要我们不断学习、不断进步，我们一定能够创造一个更加美好、更加繁荣的未来。

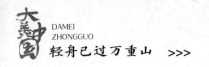

因此，让我们铭记历史，珍惜当下，为未来而努力。让圆明园的废墟成为我们前进的动力，让我们共同书写一个更加美好的未来。在未来的日子里，我时常会回想起圆明园的那片废墟。它像是一座历史的石碑，矗立在我心中，提醒我时刻保持对历史的敬畏和对未来的期待。

水做的古城

　　济南，这座被泉水滋养的古城，自古以来便与诗结缘。尤其是那趵突泉，仿佛一首流传千古的诗篇，温婉而生动，流淌在每一个游人的心间。

　　当我走近趵突泉，仿佛走进了一片诗意的世界。泉水，如诗人的笔触，温柔而细腻，带着些许的暖意，轻轻拂过我的脸颊。那温婉的体温，如同春风拂面，让人沉醉。泉水，则如琴弦轻拨，发出悦耳动听的音乐般的呼吸。那潺潺的流水声，如同天籁之音，让人心旷神怡。

　　站在趵突泉边，我仿佛能听到那鲜活的心跳声。那是大地的脉搏，是泉水的生命之歌。它们跃动着、欢唱着，为这片土地带来了无尽的生机与活力。

　　有泉的济南，是生动的济南。那泉水，如同精灵一般，穿梭在城市的每一个角落，为这座城市带来了灵动与活力。它们或汇聚成湖，或奔流成河，或隐匿于巷陌，或流淌于庭院。每一处都是一幅美妙的画卷，让人流连忘返。

　　趵突泉，作为济南七十二名泉之冠，更是将这份诗意与灵动发挥到了极致。那清澈的泉水，从地下涌出，如同翡翠般晶莹剔透。它们跳跃着、嬉戏着，在阳光下闪烁着耀眼的光芒。而那周围的亭台楼阁、古树名木，更是为这片诗意的世界增添了几分古朴与典雅。

济南，这座古城，仿佛是大自然精心雕琢的瑰宝，其中最为耀眼的，便是那如诗如画的水。水，是这里的灵魂，赋予了济南独特的魅力与生机。

乾隆皇帝南巡时，曾驻足于趵突泉前，被其清澈甘美的水质所深深吸引，册封其为"天下第一泉"。这一美誉，让趵突泉名扬四海，成了济南的骄傲。

"济南七十泉流乳，趵突独称第一泉。"这诗句道出了趵突泉在济南众多名泉中的独特地位。泉水从地下涌出，仿佛是大地的乳汁，源源不断，滋养着这片土地。而那"泉源上奋，水涌若轮"的景象，更是让人叹为观止。泉水奔涌而出，犹如车轮滚动，势不可当，充满了生机与活力。

"趵突腾空"被古人列为济南八景之一，每当晨曦初露，阳光洒落在水面上，那喷涌而出的泉水在阳光的

照耀下，仿佛一条银色的巨龙腾空而起，直冲云霄。这一幕，令人心潮澎湃，仿佛置身于仙境之中。

趵突泉中，还有众多小泉眼，它们如同珍珠般镶嵌在泉水中，晶莹剔透。水泡串串，如泻珠玑，轻轻摇曳着，发出悦耳的声音。这些水泡，仿佛是泉水的精灵，在水中嬉戏玩耍，为这片水世界增添了几分灵动与趣味。

泉水，散文般地流淌着岁月的从容。它静静地流淌着，不急不躁，仿佛一位智者，在诉说着千年的故事。它随着时光的流逝，散步般地前行着，带走了岁月的痕迹，留下了永恒的美丽。

水边的悠然时光

行走于喧嚣的都市，人们常常渴望有一处能放慢脚步的净土。在这里，没有匆忙的脚步，没有喧嚣的噪声，只有那静静流淌的清泉，和与之相伴的宁静与美好。济南，这座被泉水滋养的城市，便是这样一个让人心灵得以栖息的所在。

踏入趵突泉公园，仿佛走进了一幅流动的画卷。水做的漱玉泉，静静地卧在李清照纪念堂的南侧，宛如一位温婉的少女，静静地诉说着千年的故事。那"漱玉"之名，源于古人"漱石枕流"的典故，寓意着清泉如玉，洗涤心灵。泉水汩汩流出，淙淙有声，如同优美的乐章，在耳边轻轻响起。明代诗人晏璧曾赞叹道："泉流此间瀑飞经琼，静日如闻漱玉声。"站在泉边，闭上眼睛，仿佛能听到那泉水在轻轻低语，诉说着岁月的悠长。

马跑泉，位于李清照纪念馆东侧假山下，水流成溪，绕假山

北侧流入东泺河。泉池四周，垂柳成荫，松柏叠翠，花木扶疏。那泉边的树木，笔挺秀顾，挺直着自己的风骨，仿佛在诉说着一种坚韧与不屈。这些树木选择在洁净的水边生长，它们一定是智慧的、幸福的。在泉水的滋养下，它们生长得亭亭玉立、英姿勃发，成了这里最美的风景。

再往前走，便是济南著名的奇泉——金线泉。北宋王辟之在《渑水燕谈录》中写道："齐州城西张意谏议园亭有金线泉，广袤丈余。泉乱发其下，在注城濠中，澄清见底。池心南北有金线一道隐起水面，以油滴一隅，则线纹远去，或以杖乱之，则线辙不见。水止如故，天阴亦不见……"金线泉之美，不仅在于那清澈见底的泉水，更在于那池中若隐若现的金线。阳光照射下，那金线如同一条金色的丝带，在水面上轻轻摇曳，美不胜收。

在这里，时间仿佛放慢了脚步。人们可以静下心来，聆听那泉水的低语，感受那树木的坚韧与不屈。每一处风景，都如同一幅精美的画卷，让人流连忘返。水做的济南，让这座城市变得更加灵动与生动。在这里，人们可以放慢脚步，感受生活的美好与宁静。

水边的悠然时光

继续漫步在济南的街头巷尾，每一步都仿佛踏在历史的脉络上，每一滴泉水都像是时间的馈赠。

金线泉的旁边，是那些古色古香的建筑，它们静静地矗立，仿佛在诉说着过往的繁华与沧桑。每一块砖、每一片瓦，都承载着岁月的痕迹，让人不禁陷入沉思。而泉水的潺潺声，则像是时间的旋律，轻柔而悠扬，让人忘却了尘世的纷扰。

除了金线泉，济南还有许多其他名泉等待人们去探索。如珍珠泉，它的泉水从地下涌出，如同串串珍珠般晶莹剔透，让人惊叹不已。还有那黑虎泉，泉水汹涌澎湃，仿佛有黑虎在其中潜伏，给人一种神秘而威严的感觉。

在济南的泉边，人们可以感受到一种独特的氛围。那种宁静、那种从容，仿佛让人置身于一个与世隔绝的仙境。人们可以坐在泉边，品一杯清茶，读一本好书，或者只是静静地欣赏那泉水的流淌。在这里，人们可以放下所有的烦恼和压力，享受那片刻的宁静与美好。

当然，济南不仅仅是一个拥有众多名泉的城市，它还有美丽的山水、丰富的文化和历史。如大明湖、千佛山等著名景点，都吸引着无数游客前来观光游览。而济南的美食也是一绝，如煎饼馃子、豆腐脑等特色小吃，都让人回味无穷。

然而，对于许多人来说，济南的魅力并不仅仅在于它的风景和美食。更在于那种宁静、从容的氛围，那种让人放慢脚步、享受生活的态度。在这里，人们可以真正地放松身心，感受生活的美好与宁静。

所以，如果你也渴望一个能放慢脚步的净土，不妨来济南看看。这里的泉水、这里的风景、这里的文化和美食，都会让你流连忘返。而更重要的是，这里有一种独特的氛围和态度，让你真正地感受到生活的美好与宁静。

在济南，你可以感受到水的温柔与力量。它滋润着这片土地，孕育着万物生灵。它也给人们带来了无尽的欢乐与享受。无论是漫步在泉边，还是品尝着甘甜的泉水，都能让人感受到水的魅力与神奇。

济南，这座被水滋养的古城，因水而美丽，因水而生动。水，是这里的灵魂，也是这里最美的风景。

趵突泉周边有泺源堂、观澜亭、尚志堂、李清照纪念堂、李苦禅纪念馆等景点。

漫步在济南的街头巷尾，仿佛置身于一幅流动的水墨画中。那古老的街巷，青石铺就的道路，两旁是古朴的建筑，还有那随处可见的泉眼，都让人感受到一种别样的韵味。每一处泉眼，都仿佛是一个小小的舞台，上演着大自然的精彩剧目。

在济南的清晨，当第一缕阳光透过云层洒向大地，那些泉眼便开始了它们的表演。泉水潺潺，声音清脆悦耳，仿佛是天然的乐章，唤醒了沉睡的城市。人们纷纷走出家门，来到泉边，或洗衣洗菜，或品茶聊天，享受着这份来自大自然的馈赠。

而在济南的夜晚，当月光洒落在水面上，那些泉眼又变得格外迷人。月光下的泉水波光粼粼，如同银色的绸缎，闪烁着迷人的光芒。人们或独自漫步在泉边，或三五成群地围坐在一起，欣

赏着这如诗如画的夜景，感受着泉水的温柔与宁静。

除了趵突泉外，济南还有许多其他的名泉，如黑虎泉、珍珠泉、五龙潭等。它们各具特色，有的泉水汹涌澎湃，有的则温婉如玉。这些泉眼共同构成了济南独特的泉文化景观，吸引着无数游客前来观赏和品味。

在济南，你还可以品尝到各种用泉水制作的美食和饮品。泉水煮的茶清香四溢，泉水做的豆腐鲜嫩可口，还有那些用泉水腌制的咸菜和酱菜，更是让人回味无穷。这些美食和饮品都融入了泉水的精华，让人在品尝的同时也能感受到泉水的魅力。

在这里，你可以感受到水的温柔与力量，也可以领略到泉城的独特韵味。无论是漫步在街头巷尾，还是品味美食佳肴，都能让你深深地爱上这座充满魅力的城市。

我沉醉在这片诗意的世界中，聆听着泉水的音乐，欣赏着泉水的画卷。我仿佛变成了一位诗人，用笔墨记录着这美妙的瞬

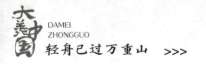

间。我感受到了泉水的温润与丰美，也感受到了泉水的灵动与生机。这一切都让我深深地爱上了这座被泉水滋养的古城——济南。

济南，这座历史悠久的城市，自古便以泉水著称，被誉为"泉城"。漫步在济南的街头巷尾，仿佛走进了一幅流动的泉水文化画卷。泉水涌动的声音如诗如画，伴随着古老的街巷，诉说着这座城市的故事。

初到济南，便迫不及待地来到趵突泉。那泉水翻腾的景象，如同大地的脉搏，跳动着生命的活力。泉水清澈透明，犹如一面镜子，映照出蓝天白云和周围古朴的建筑。站在泉边，仿佛能听到泉水在低语，诉说着千百年来的沧桑与变迁。

离开趵突泉，又来到了黑虎泉。这里的泉水更为汹涌澎湃，仿佛有黑虎在其中怒吼，给人一种威严而神秘的感觉。泉水从石缝中涌出，形成了一道道水帘，水珠四溅，清凉宜人。站在泉

边，感受着那泉水的气息，仿佛能触摸到济南的灵魂。

再往前走，便是五龙潭。五龙潭是济南七十二名泉之一，因内有五处泉眼而得名。这里的泉水碧绿如玉，清澈见底。潭中鱼儿游来游去，与游客嬉戏玩耍，增添了几分生趣。站在潭边，感受着那泉水的清凉与宁静，仿佛能忘却尘世的烦恼。

除了泉水，济南的美食也是一大亮点。品尝着济南的特色小吃，煎饼、糖画、千层糕，每一口都是对这座城市味蕾的享受。煎饼金黄酥脆，香气扑鼻；糖画色彩鲜艳，形态各异；千层糕口感细腻，甜而不腻。这些美食不仅满足了味蕾的需求，更是对泉城饮食文化的领略。

在济南的这几天里，我深深地感受到了这座城市的魅力。那泉水涌动的声音、那古色古香的建筑、那美味可口的小吃……都让人流连忘返。济南是一座充满魅力的城市，它的泉水文化和饮食文化都让人难以忘怀。我相信，在未来的日子里，我还会再次来到这座美丽的城市，感受那泉水的诗意与美食的滋味。

济南，"国家宜居城市""国家历史文化名城""中国优秀旅游城市"。

历史悠久的济南，有深度也有温度。

在泰山的怀抱里

　　泰山，这座中国的"五岳"之首，自古便有"天下第一山"的美誉，宛如一颗璀璨的明珠，镶嵌在华夏大地的东方。其海拔1532.7米，占地面积426平方千米，磅礴之势，尽显大国气象。

　　泰山，这座千年古岳，自古便以巍峨耸立、云雾缭绕而著称。我踏足其下，仿佛走进了一幅泼墨山水画中，每一步都踏在云与雾的交织之上，每一步都伴随着山风的轻拂。

　　我走在通往红门的路上，每一步都仿佛踏在历史的厚土之上。路边的仿古建筑，青砖黛瓦，翘角飞檐，古韵悠长，仿佛带我穿越回了那千年的时光。喧嚣的世界在这一刻悄然远去，心中只剩下对泰山的向往和期待。

　　一路上，满目苍翠。参天古木掩映着蜿蜒的山道，阳光透过叶间的缝隙，洒下斑驳的光影。我深吸一口气，清新的空气带着泥土和草木的芬芳，直入肺腑，令人心旷神怡。

　　沿着石阶而上，一步一景，一景一味。泰山之美，不在其高，而在其秀。山路虽弯曲，但每一步都充满了惊喜。有时，云雾从山间升起，弥漫开来，仿佛置身于仙境之中；有时，阳光穿透云层，洒在山巅，金光闪闪，熠熠生辉。

　　行走于尘世间，总有疲惫之时。今日，我独自一人，坐在泰山之巅的岩石上，让心灵与这古老的山脉交融，感受它的脉搏，聆听它的呼吸。

抬头仰望，蔚蓝色的天空如同一块巨大的画布，几朵白云悠闲地游荡其中，仿佛是天地间的精灵。远望四周，群山连绵，一望无际，仿佛能包容世间所有的雄伟与辽阔。

一阵微风吹过，带来了香客们焚香的香气，还有山间花朵和树木的清新。这些香气交织在一起，让人心旷神怡，仿佛置身于仙境之中。此时，一位外国友人走了过来，他望着眼前的景色，不禁感叹道："Mount Taishon，so classical！（泰山，如此的古典！）"

我心中暗暗为这位外国友人的话语叫绝。是啊，泰山，这座拥有数千年历史的古老山脉，它的一草一木、一石一水，都散发着浓郁的古典气息。也许，只有在这样的地方，人们才能真正感受到古典的韵味，才能吐露出如此美妙的语言。

沿着铺满文化和灵气的石阶，我继续向上攀登。每一步都踏

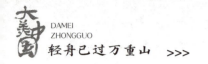

在历史的痕迹上，每一步都仿佛能听到古人的低语。我沉浸在这芬芳中，享受着泰山给予我的恩赐。

在泰山面前，我显得如此渺小、如此笨拙、如此虚弱。然而，正是这份渺小和虚弱，让我更加珍惜与泰山的每一次相遇。我气喘吁吁地攀登着，但心中却充满了幸福和满足。

孔子登临处、万仙楼、北齐经石峪金刚经石刻、中天门、昇仙坊、十八盘、南天门、天街、宋朝皇家碧霞祠、唐玄宗大观峰石刻、日观峰、玉皇顶……一处处美景诱惑着我不断前行。泰山日出、云海玉盘、晚霞夕照、黄河金带，这四大美景更是堪称一绝，让人流连忘返。

在这泰山的怀抱中，我找到了一个安静的角落，停下了匆匆的脚步。我静静地坐着，让心灵与大自然交融，感受着这份难得的宁静和美好。累了，就停下来吧。在泰山的怀抱中，我们可以

放下所有的疲惫和烦恼,享受这份难得的宁静和美好。

旅途的艰辛,如同一条曲折蜿蜒的河流,在我的脚下延伸。然而,那些疲惫与劳累,在泰山一路的风景面前,却如同被轻柔的春风拂过,消散得无影无踪。这里,是离心灵最近的地方,每一步行走,都仿佛踏进了历史的长河,感受着岁月的沉淀。

泰山的风景,深沉而厚重,它不仅仅是大自然的杰作,更是中华民族文化的瑰宝。这里的岩石,仿佛都蕴藏着无尽的故事,它们静静地矗立,见证了历史的变迁,也见证了无数文人墨客的足迹。那些文化名人,如孔子、管仲、司马迁、李白、杜甫等,都曾在这里留下了他们的诗篇和墨宝,让泰山的每一寸土地都充满了文化的气息。

沿着山路拾级而上,我仿佛穿越了一个又一个时代,那些摩崖石刻,如同一部部历史的书卷,让我感受到了中华文明的博大精深。

泰山,这座古老而神圣的山岳,自古以来便以"五岳之首""天下第一山"的盛名称誉天下。她的美,不仅仅是自然的壮丽,更是人文的厚重。当我站在她的脚下,那份怦然心动的感觉,仿佛与我的心跳同步,节奏一致。

我抬头仰望,那长长的台阶宛如天梯一般横亘在我的面前,直通云霄。我深吸一口气,踏上了这通往山顶的征程。每一步都充满了力量,每一步都充满了希望。尽管已是秋季,但泰山的生机并未减退,一切都显得如此鲜活。

我走过古老的树林,那些参天大树仿佛诉说着千年的故事。泰山古树名木繁多,每一棵都充满了灵性。我轻抚着它们的枝干,仿佛能感受到它们的呼吸和心跳。这里的一峰一石、一草一

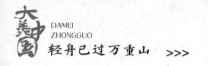
木，都仿佛是大自然的精灵，与我心灵相通。

泰山的美，不仅仅是表面的壮丽，更是内在的深邃。她以雄、奇、险、秀、幽、奥、旷等诸多美的形象呈现在我们面前。无论是黑龙潭的深邃、扇子崖的险峻，还是天烛峰的挺拔、桃花峪的秀美，每一处都是大自然的杰作，每一处都让人陶醉。

我沉醉在这壮美的景色中，仿佛置身于一幅巨大的画卷之中。我聆听着大自然的音乐，欣赏着大自然的画卷，感受着大自然的魅力。在这里，我忘记了所有的烦恼和忧愁，只剩下对大自然的敬畏和感恩。

泰山，你不仅是一座山，更是一种精神的寄托。你给了我攀登的活力，给了我寻找的动力。你唤起了我深藏的力量，让我变得更加坚强和勇敢。你张开双臂，欢迎着每一个来到你怀抱的人。

山腰之上，植被更加茂盛。郁郁葱葱的树木，层层叠叠的灌木，还有那些不知名的野花野草，都在这片土地上肆意生长，竞相绽放。偶尔，一阵微风吹过，树叶沙沙作响，伴随着鸟鸣虫鸣的声音，仿佛是大自然在演奏一曲和谐的交响乐。

攀登的过程中，我不禁感叹大自然的神奇。泰山不仅是一座山，更是一部厚重的历史书。它见证了中华民族的兴衰荣辱，也见证了无数英雄豪杰的壮志豪情。我抚摸着这些历经风雨的石阶，仿佛能感受到历史的厚重和岁月的沧桑。

我站在玉皇顶的石路上，心中涌起一股踏实感，仿佛整个世界都在我的脚下。

终于，我登上了泰山的顶峰。站在这里，俯瞰群山，只见云雾缭绕，群山连绵。我不禁想起了那句古诗："会当凌绝顶，一览众山小。"此刻的我，仿佛已经融入了这片天地之间，与泰山、

与大自然融为了一体。

我站在泰山之巅，俯瞰着群山连绵、云雾缭绕的美景。此刻的我，纯净如雪、纯洁如婴儿一般。我感谢泰山给予我的一切，也感谢大自然给予我的恩赐。在未来的日子里，我将带着这份感恩和敬畏之心，继续前行，探索更多的未知世界。

泰山之行，让我领略了大自然的神奇与美丽，也让我感受到了历史的厚重与沧桑。我深深地爱上了这座千年古岳，也深深地爱上了这片充满生机与活力的土地。

泰山东望黄海，海天一色，波澜壮阔；西襟黄河，河水滔滔，奔流不息。汶水环绕其下，如一条银色的丝带，缠绕在泰山的腰间。前瞻圣城曲阜，孔庙巍峨，儒学圣地；背依泉城济南，泉水叮咚，清澈甘甜。泰山，以其拔地通天之势，雄峙于东方，以"五岳独尊"的盛名称誉古今。

泰山的风景，以壮丽而著称。重叠的山势，仿佛是大自然

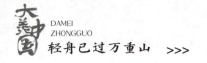
的层叠画卷，层层递进，连绵不绝。厚重的形体，给人一种沉甸甸的历史感，仿佛可以触摸到岁月的痕迹。苍松巨石，点缀在山间，为泰山增添了几分神秘与宁静。云烟缭绕，时隐时现，如同仙境一般，使人在雄浑中感受到明丽，在静穆中领略到神奇。

泰山，不仅是历代帝王所奉为的"神山"，更是中华民族的精神象征、华夏历史文化的缩影。数千年来，无数文人墨客、帝王将相，都曾登临泰山，留下他们的足迹和墨宝。十二位皇帝曾来此封禅，祈求国泰民安、风调雨顺。孔子曾留下"登泰山而小天下"的赞叹，他的儒家思想，与泰山的雄伟壮丽相得益彰。杜甫则留下了"会当凌绝顶，一览众山小"的千古绝唱，将泰山的壮丽景色与诗人的豪情壮志融为一体。

登临泰山之巅，俯瞰群山，只见云海翻腾，群山如黛，仿佛置身于天地之间，感受到了人与自然的和谐与统一。此时此刻，

心中不禁涌起一股豪情壮志，仿佛可以跨越时空，与那些历史上的伟人对话，共同领略这壮丽的山河。

泰山，这座中国的"国山"，以其独特的魅力，吸引着无数人的目光。它不仅是自然风光的瑰宝，更是中华民族精神的象征。在这里，我们可以感受到大自然的神奇与伟大，也可以领略到中华文化的博大精深。让我们共同珍惜这份宝贵的文化遗产，传承中华民族的优秀传统，为创造更加美好的未来而努力奋斗。

泰山，巍巍乎高哉，自古以来便是文人墨客笔下的圣地，亦是我心中向往已久的神山。今日，终于得以亲临其境，领略其壮美风光。

一入泰山风景区，便被其浩瀚的自然景观所震撼。这里山峰叠嶂，崖岭峻峭，名洞幽深，奇石嶙峋。156座山峰，犹如156位巨人，屹立在这片古老的土地上，守护着这片神奇的土地。崖岭之上，更是悬崖峭壁，直插云霄，让人不禁心生敬畏。

漫步在泰山之中，随处可见的溪谷瀑潭，如同一条条银色的丝带，在山间蜿蜒流淌。这些溪流清澈见底，鱼儿在水中畅游，仿佛在诉说着大自然的奥秘。而瀑潭更是壮观，水声轰鸣，水雾弥漫，宛如仙境一般。

泰山不仅自然风光秀美，更有着丰富的历史文化底蕴。城子崖遗址、四门塔、大汶口遗址等古遗址，见证了泰山悠久的历史。这些遗址中，蕴藏着古人的智慧和汗水，也让我们更加深刻地理解了泰山的历史和文化。

而泰山日出，更是岱顶的一大奇观。当清晨的第一缕阳光洒在山巅，整个泰山仿佛被金色的光芒所笼罩。此时，站在较高的山头上顺光看，云雾弥漫中，一个内蓝外红的彩色光环逐渐显

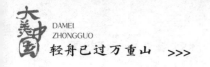

现，将人影倒映其中，宛如佛光普照，令人心生敬畏。

除了日出，泰山还有许多著名的景观。天烛峰高耸入云，犹如一支巨大的蜡烛，照亮了整个天空；日观峰则是观赏日出的绝佳之地，每当日出时分，这里便聚集了众多的游客；百丈崖陡峭险峻，让人不禁惊叹大自然的神奇；仙人桥则宛如一道天桥，连接着天地之间；五大夫松、望人松等古树名木，更是见证了泰山的岁月沧桑。

泰山，这座神奇的山峰，不仅以其壮美的自然风光吸引着无数游客，更以其丰富的历史文化底蕴和独特的自然景观，成了中华民族的象征。在这里，我们不仅可以领略到大自然的神奇与美丽，更可以感受到中华民族悠久的历史和文化。

雾锁泰山。

泰山之巅，云雾缭绕，犹如仙境。青山逢云雾，一半豪情，一半诗情，交织成一幅流动的青山水墨画。

初至泰山，便被那漫山遍野的云雾所吸引。青山间，云雾弥漫，如同白色的轻纱轻轻覆盖，将山峦装点得如梦如幻。云雾随风而动，时而聚拢，时而飘散，仿佛是大自然在挥毫泼墨，将青山点缀得更加生动。

沿着山路攀登，只见云雾中的峰峦松石时隐时现，似现非现。那云雾中的山峰，仿佛披上了一层神秘的面纱，若隐若现，令人心生向往。而那松石在云雾中更是显得苍劲有力，宛如一位位历经沧桑的智者，静静地守护着这片古老的土地。

行至高处，俯瞰群山，只见白色的云雾在山峰上空翻腾涌动，仿佛是一片波涛汹涌的大海。那云雾沿着山脊攀升翻越，恍若仙境中的飞瀑流泉，令人心驰神往。此时，我仿佛置身于一幅巨大的水墨画中，感受着大自然的神奇与美丽。

泰山之云雾，不仅令人陶醉于它的美丽，更给人以深深的思考。那云雾中的青山，仿佛是大自然在诉说着千年的故事，让人感受到岁月的沧桑与变迁。而那云雾中的峰峦松石，更是象征着中华民族坚韧不拔、自强不息的精神。

此刻，我静静地站在泰山之巅，感受着云雾的缭绕与山风的吹拂。心中涌起一股豪情与诗情，仿佛要与这云雾、这青山融为一体。我深深地吸了一口气，仿佛要将这大自然的美丽与神秘都吸入体内，永远珍藏。

泰山之云雾，是大自然的杰作，更是中华民族的瑰宝。它让我们感受到大自然的神奇与美丽，更让我们体会到中华民族悠久的历史与文化。愿我们都能像这云雾一样，心怀宽广，志存高远，勇往直前。

泰山，这座矗立在中华大地上的壮丽 5A 级景区，自古以来便以其险峻的山峰、壮丽的自然景观和丰富的历史文化，吸引着无数游客的目光。登上泰山，游赏泰山，不仅是一场视觉的盛宴，更是一次心灵的洗礼。

清晨，当第一缕阳光洒落在泰山的山巅，整个山脉仿佛被金色的光环所

笼罩。那巍峨的山峰，直插云霄，似乎在诉说着千年的沧桑与变迁。沿着蜿蜒的山路攀登，每一步都仿佛踏在历史的脉络上，感受着岁月的流转。

沿途，你会被那壮丽的自然景观所震撼。苍松翠柏，郁郁葱葱，与山石相映成趣。山涧之间，溪水潺潺，清澈见底。而那云雾缭绕的景象，更是如同仙境一般，让人陶醉其中。

然而，泰山之美，不仅仅在于其自然景观的壮丽，更在于其丰富的历史文化遗产。自古以来，这里便是文人墨客的流连之地。他们在这里留下了许多脍炙人口的诗篇和文章，使得泰山成为中国古代文化的重要组成部分。

泰山之巅，更是历史的见证。那古老的庙宇、碑刻和石刻，都记录着中华民族的辉煌历史。每一处古迹，都仿佛在诉说着一个古老的故事，让人感受到中国传统文化的博大精深。

在泰山的怀抱中，我仿佛穿越时空，回到了古代。那些文人墨客的身影，仿佛就在眼前。他们或吟诗作赋，或挥毫泼墨，将自己的情感和智慧倾注其中。而泰山，则默默地承载着这些智慧和思想，让它们得以传承和发扬。

世间山峰千万，各有其姿，各领风骚。而泰山，却以其独特的风骨和气质，屹立于天地之间，成为古今文人墨客笔下的不朽传奇。

泰山之美，在于其恢宏壮丽。每当日出时分，那金色的阳光洒在山巅，云雾缭绕，犹如仙境。登高远眺，群山连绵起伏，仿佛一条巨龙蜿蜒盘旋，气势磅礴，震撼人心。山间的松柏苍翠挺拔，与山石相映成趣，更显其威严与庄重。

泰山之美，也在于其温润人心。漫步山间，那清新的空气、潺潺的流水、鸟儿的歌唱，都让人感受到大自然的恩赐和生命的活力。在这里，你可以放下尘世的喧嚣，静下心来，感受大自然的宁静与和谐。那些古老的庙宇、碑刻和石刻，更是让人感受到历史的厚重和文化的底蕴。

泰山，神奇似梦，壮美如虹。它不仅是自然的杰作，更是历史的见证。那些古老的传说、神话和故事，都与泰山紧密相连，成为其独特的文化符号。在这里，你可以感受到中华民族的精神和信仰，也可以领略到中国古代文化的博大精深。

泰山之美，鲜活而永恒。它不仅仅是一座山，更是一种精神的象征。它告诉我们，只有具备坚定的信念和不懈的努力，才能攀登到人生的高峰。同时，它也告诉我们，要珍惜大自然的恩赐，保护我们的环境，让这个世界变得更加美好。

我漫步在泰山之巅，感受着它的风骨和气质。那恢宏壮丽的山峦、温润人心的风景、神奇似梦的神话故事，都让我陶醉其中。我想，这就是泰山的魅力所在吧——它不仅仅是一座山，更是一种精神的寄托和文化的传承。

站在泰山之巅，我感受到了中华民族的伟大和骄傲。这座壮丽的山脉，不仅是大自然的杰作，更是中国古代文化的瑰宝。它见证了中华民族的兴衰荣辱，也见证了无数英雄豪杰的壮志豪情。

泰山之行，让我深刻感受到了中国传统文化的博大精深。它让我更加热爱这片土地，更加珍惜我们的文化遗产。我相信，在未来的日子里，泰山将继续以其独特的魅力吸引着更多的游客前来游览和朝拜。而我们也应该更加努力地保护和传承这些宝贵的文化遗产，让它们永远闪耀在人类文明的历史长河中。

孔子曾在这里留下了"登泰山而小天下"的赞叹，杜甫也

留下了"会当凌绝顶，一览众山小"的千古绝唱。这些诗句，不仅仅是对泰山美景的赞美，更是对人生境界的感悟。站在泰山之巅，我深刻地体会到了这种境界，仿佛自己也变得高大起来，能够俯瞰整个世界。

极目四野，群山连绵，云海翻腾，我仿佛站在了梦的上面。虽然空气寒冷，但我的心却异常温暖，因为泰山已经把我抱在了怀里。在这里，我感受到了中华民族的精神高度，也感受到了自己与这片古老土地的深厚情感。

离开泰山时，我依依不舍地回头望去，那座巍峨的山峰依然屹立在那里，静静地守护着这片古老的土地。我知道，无论我走到哪里，泰山都将永远留在我的心中，成为我人生路上最美好的回忆。

物华天宝　竹溪印象

　　"秋波落泗水，海色明徂徕。"这里，每一块石，每一段路都长满诗。走进"竹溪印象"，走进美丽风景。每一处都是美妙的音符，我们聆听着动听的音乐。每一处都是精彩的图画，我们欣赏着恢宏的画卷。呼吸李白曾经呼吸过的空气，登一登李白曾经爬过的山。寻访诗仙遗迹、追踪李白诗歌精神。

　　《山东通志》载，金末盗起东海，大将时珍率众守此，曾名天宝寨。天宝境内的徂徕山礤石峪曾是唐代诗人李白与山东名士孔巢父、韩准等"竹溪六逸"隐居的地方。礤石峪里有隐仙观、

炼丹炉、升仙台、竹溪、贵人峰、独秀峰以及祭祀"竹溪六逸"
的六逸堂。清道光年间《泰安县志》称其为"徂徕第一奥区"。

　　山东省泰安市徂徕山曾经诞生过三支战无不胜的部队：西
汉末年绿林赤眉起义、元代时珍地方武装力量、徂徕山抗日武装
起义。

　　徂徕山历史文化深厚。《梁父吟》是梁父山地区的古代民歌，
传说它是葬歌，音调悲切凄苦。据《琴操》记载："曾子耕太山之
下，天雨雪冻，旬月不得归，思其父母，作《梁山歌》。"这是关
于《梁父吟》最早的记载。后世的诗人经常以《梁父吟》为题进
行创作，其中著名的有曹植、李白、张耒、叶适、杨维桢等。使
用"梁父"作为诗歌形象的文学家更多，比如孔子、蔡邕、张衡等。

　　《乐府诗集》有疑似诸葛亮的《梁父吟》一首。

　　　　步出齐城门，遥望荡阴里。里中有三墓，累累正

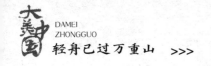

相似。

问是谁家墓，田疆古冶子。力能排南山，文能绝
地纪。

一朝被谗言，二桃杀三士。谁能为此谋，国相齐
晏子。

据清代部分学者考证，梁父山是徂徕山东峰，即当代村民所
称映佛山。《史记》记载，古代"封泰山禅梁父者七十二家"。秦
始皇、汉武帝、东汉光武帝、宋真宗封禅泰山时，都到梁父山举
行了降禅仪式。

在民间传说中，梁父山是"众鬼之府"，逝者的鬼魂在这里
聚集。

《诗经》里的徂徕山：徂来之松，新甫之柏，是断是度，是
寻是尺。松桷有舄，路寝孔硕，新庙奕奕。奚斯所作，孔曼且硕，
万民是若。

中军帐遗址位于岱岳区徂徕镇徂徕山主峰太平顶西北约 3 千
米处，春秋时遗址。1996 年公布为第二批区级文物保护单位。相
传吴王夫差伐齐时，设中军于此。

南汶西村西北面有柳下惠的坟墓，坟墓周围用石头砌成墙，
墓前面有石碑。墓的西南侧有《毛老父台德政碑》，记载着光
绪年间泰安县令毛澂重修柳下惠墓的政绩。据记载，墓区范围
40m×40m，墓呈方形，纵横各四十余步，高约 6 米，历代对柳下
惠墓都非常保护，《战国策》记载："秦伐齐，令：有敢去柳下纪
垄五十步而采樵者，死无赦。"清道光年间，泰安知县徐宗干进
行整修"为之立祠，整顿祭田"。1992 年夏，毛蜀云之曾孙，时

任中国统一联盟主席毛铸伦先生捐款 1.2 万美元，重修和圣墓。共建牌坊 1 座，碑亭 2 座，石碑 2 方，加高圣墓封土，墓内及四周植松柏树。

梁父遗梦：羊祜城的回响。

在时光的长河中，总有些角落静静地诉说着过往的辉煌与沧桑。天宝镇古城村，便是这样一片承载着千年历史的土地，它静默地矗立，见证着岁月变迁，承载着一段段古老的传说。

这里，是西汉梁父县的遗址，俗称"羊祜城"。汉武帝封禅泰山时，元狩元年，梁父县便在这片土地上应运而生，因县北那巍峨的梁父山而得名。如今，城垣虽已残破，但历史的痕迹依然清晰可见。那长约 500 米的城墙，仿佛是时间的见证者，静静地诉说着过往的繁华与落寞。

漫步在古城遗址上，每一步都仿佛踏在历史的脉络上。想象着当年这里车水马龙、人声鼎沸的景象，心中不禁涌起一股莫名的感慨。城墙下，草木葱茏，野花遍地，仿佛在诉说着岁月的轮回与变迁。

梁父城的名字，与西晋的南城侯羊祜紧密相连。因他曾是这里的食邑，羊祜的后人便在此聚族而居，繁衍生息。于是，这片土地便有了新的名字——"羊祜城"。每当提及这个名字，当地人脸上总会洋溢出一种自豪与骄傲。

站在古城遗址上，远眺梁父山，心中涌起一种莫名的情愫。那山，依然巍峨耸立，仿佛一位历史的长者，静静地守护着这片土地。而那城墙，虽已残破不堪，却依然屹立不倒，仿佛在告诉我们：历史虽已远去，但精神永存。

在这片土地上，我仿佛听到了历史的回响。那些曾经的繁华与落寞、欢笑与泪水，都在这片土地上留下了深深的烙印。而我，只是这漫长历史中的一名过客，但这段旅程却让我深深地感受到了历史的厚重与深沉。

羊祜城，不仅仅是一座古城遗址，更是一段历史的见证、一种精神的传承。它告诉我们：无论岁月如何变迁，历史的精神永远不会消失。只要我们用心去感受、去体会，便能在其中找到那份属于自己的感动与力量。

《魏书》记载，羊续墓在徂徕山前。

古刹间的岁月与传说。晨曦微露，我便踏上了前往光化寺的旅途。这座古老的寺院依山傍水，坐落于山坳处，仿佛是大自然精心雕琢的一枚宝石，静静镶嵌在群山之间。周围群山起伏，犹如群龙舞动，气势磅礴，让人不禁感叹大自然的神奇与壮美。

一进入光化寺，首先映入眼帘的便是那仅存的大雄宝殿。它静静地矗立在那里，见证了无数岁月的变迁。殿内的壁画栩栩如生，虽历经沧桑，但画中的山水人物仍清晰可见，仿佛能让人穿越时空，回到那遥远的年代。佛祖释迦牟尼和十八罗汉的塑像庄严而神圣，让人心生敬畏。我轻轻地双手合十，默默祈祷，感受着这份宁静与庄严。

大雄宝殿两侧各有一偏殿，左侧供奉着观音菩萨，她怀抱净瓶，面带笑容，仿佛能驱散世间所有的烦恼与忧愁。右侧则是送子娘娘的殿堂，她慈眉善目，似乎在默默守护着每一个家庭的幸福与安宁。

寺院门口，四大天王威严地守护着这片圣地。他们各持宝物，寓意着"风、调、雨、顺"，为百姓播洒甘露，带来平安与吉祥。我站在他们面前，心中充满了敬意与感激。

　　漫步在光化寺中，我仿佛能听到历史的回声。1938 年 1 月 1 日，那个风起云涌的年代，中共山东省委在此发动了徂徕山抗日武装起义。无数英雄儿女为了民族的解放和人民的幸福，纷纷携带长矛、大刀、火枪、土炮会师于此。他们在这里宣誓、出征，留下了无数可歌可泣的英勇事迹。

　　站在这片土地上，我仿佛能感受到那些英雄的热血与激情。他们为了信仰和理想，不惧牺牲、勇往直前的精神让我深感震撼。这种精神不仅是中国人民的骄傲，也是中华民族的宝贵财富。

　　离开光化寺时，夕阳已经西下。我回头望去，那座古老的寺院依然静静地矗立在那里，守护着这片土地和人民。我深深地吸了一口气，心中充满了感慨与不舍。这次旅行让我领略了光化寺的魅力和价值，也让我更加珍惜和感恩那些为国家和民族做出贡献的英雄。我相信在未来的日子里，这片土地和这座寺院将继续见证着中华民族的伟大复兴和繁荣昌盛。

　　泰山，这座古老而庄严的山脉，自古便是文人墨客吟咏的对象。然而，除了那巍峨的山峰和缭绕的云雾，泰山脚下还隐藏着一个鲜为人知的秘密——泰山羊氏，一个曾在历史上留下浓墨重彩的家族。

　　提及泰山羊氏，不得不提的是那些在历史长河中熠熠生辉的名字——景献羊皇后、羊祜、惠羊皇后、羊欣、羊玄保……他们的事迹在《晋书》《宋书》等二十四史中留下了深刻的印记。他们不仅是泰山南城人，更是那个时代的杰出代表，他们的智慧与勇气，为后人所敬仰。

　　在天宝镇颜前村东约 350 米处，有一片宁静而神秘的墓地，那里便是泰山羊氏的安息之地。墓地南北长约 300 米,东西宽约 300 米,仿佛是一个被时光遗忘的角落,静静地诉说着过往的辉煌。

走进墓地,一种肃穆而庄重的气氛扑面而来。那些已经出土的墓碑,仿佛是一座座历史的丰碑,诉说着羊氏家族曾经的荣耀。其中,《魏故镇军将军兖州刺史羊祉墓志铭》和《魏故镇军将军兖州刺史羊使君夫人崔氏墓志铭》更是引人注目。这些墓志铭不仅记录了羊祉夫妇的生平事迹,也展现了他们在北魏时期的重要地位。

站在这些墓碑前,我不禁陷入了沉思。这些泰山羊氏的先祖,他们在世时是如何的英勇善战、智勇双全?他们又是如何在历史的洪流中留下如此深刻的印记?或许,正是那份对家国天下的忠诚与担当,让他们成了时代的楷模。

除了这些墓碑,墓地中还隐藏着许多未解之谜。2012 年,在墓地的东南部又发现了三座隋唐以前、晋代以后的墓葬,这些墓葬的发现无疑为我们揭示了泰山羊氏更多的历史秘密。虽然这些墓葬中并未出土文物,但它们的存在却足以让我们感受到泰山羊氏在历史上的重要地位和深远影响。

在离开墓地的那一刻,我深深地感叹于历史的厚重与深沉。泰山羊氏的故事不仅仅是一个家族的传奇,更是中华优秀传统文化的瑰宝。它们让我们更加深刻地认识到,一个家族的兴衰荣辱与国家的命运紧密相连,只有心怀家国天下、勇于担当才能成为真正的英雄。

旅游的意义不仅仅在于欣赏美丽的风景和领略不同的文化,更在于通过亲身体验和思考来感悟人生的真谛。泰山羊氏的墓地之行让我更加深刻地认识到这一点。我相信在未来的日子里，我会更加珍惜每一个旅行的机会，去探寻更多的历史秘密和人生哲理。

徂徕山，自古以来便以其清幽与深邃吸引着无数文人墨客。他们在这里留下了足迹，也留下了千古传诵的诗篇。其中，最为人所知的，莫过于"竹溪六逸"的故事。

那是一个风雅的时代，诗仙李白与孔巢父、韩准、裴政、陶沔、张叔明五位名士结为挚友。他们时常在徂徕山中聚会，饮酒赋诗，畅谈天下大事。他们的友情，如同那山间的清泉，纯净而深沉；他们的才情，如同那山间的翠竹，高洁而挺拔。

走进徂徕山，仿佛就能感受到那个时代的氛围。山间清泉潺潺，竹林摇曳生姿，仿佛能听到那六位名士在竹林中吟诗的声音。尤其是那"独秀峰"，更是让人心驰神往。据说，那是李白亲自书写的摩崖石刻，字迹苍劲有力，如同他的人生态度一般，豪放不羁，勇往直前。

隐仙观前，曾有一座六逸亭，亭中供奉着六位唐贤的塑像。每当夕阳西下，余晖洒在塑像上，仿佛能看到他们当年的风采。然而，岁月无情，曾经的六逸亭已经失修颓毁，只留下一片废墟。但幸运的是，如今这座亭子已经被重修，再次焕发出勃勃生机。

站在六逸亭前，我心中涌起一股莫名的感慨。这些历史人物，他们曾经在这里留下了足迹，也留下了精神。他们的友情、才情和人生态度，都值得我们学习和传承。旅游，不仅仅是为了欣赏风景，更是为了感受那种历史的厚重和文化的底蕴。

在徂徕山的旅途中，我感受到了愉悦、兴奋和感慨。愉悦于那山间的美景和清新的空气；兴奋于那六位名士的故事和传奇；感慨于那历史的变迁和文化的传承。这次旅行，让我更加深刻地理解了旅游的意义和价值。它不仅是一次身体的移动，更是一次心灵的洗礼和升华。

夕阳西下，我依依不舍地离开了徂徕山。但我知道，我的心已经留在了这里，留在了那个风雅的时代和那群才情横溢的名士之中。

徂徕山，宛如一位久居深山的隐士，静静卧于山东泰安。这里，山峦叠翠，古木参天，仿佛每一块石头、每一片叶子都蕴藏着千年的故事。而在这山林深处，曾有一位名叫王希夷的隐者，以松柏为友，以杂花为食，与天地同呼吸，与日月共长眠。

王希夷，徐州滕县人，出身贫寒，却对道法有着执着的追求。他师从道士黄颐40年，学得了闭气导养之术，身心皆得到了升华。黄颐去世后，王希夷选择隐居徂徕山，与另一位道士刘玄博为伴，共同探寻天地间的奥秘。

在徂徕山的岁月里，王希夷与山林为伍，与清风明月为伴。他酷爱《易经》及《老子》，常常在松树下、花丛中研读经典，领悟道法。他相信，天地万物皆有其道，只有顺应自然，才能达到真正的养生之道。

王希夷的养生之术颇为奇特，他常常以松柏叶及杂花散为食。这些看似普通的植物，在他眼中却蕴含着生命的精华。他相信，这些植物能够为他提供充足的营养，同时也能让他更好地与自然融为一体。

他曾经写过一首诗：

祖徕山下是吾家，吸露嘘风卧紫霞。

几百年来无个事，朝朝坐对老松花。

时光荏苒，岁月如梭。当唐玄宗封禅泰山时，王希夷已经是一位 96 岁高龄的老人了。然而，他的精神却依然矍铄，步履依然矫健。唐玄宗听闻他的事迹后，亲自召见了他，并封他为朝散大夫、国子博士。这是对他一生追求道法的肯定，也是对他养生之术的认可。

唐玄宗还下令州县春秋两季为王希夷送去束帛酒肉，以示皇家对他的尊敬与关怀。同时，还赐给他一副衣裳和一百匹绢帛，作为他晚年的生活之资。这些赏赐虽然丰厚，但王希夷却并未因此而动心。他依然选择留在祖徕山，继续他的隐者生活。

我站在祖徕山之巅，俯瞰着这片曾经孕育出王希夷这样一位伟大隐者的土地。心中不禁涌起一股莫名的感慨。王希夷的一生，是对道法的执着追求，是对自然的敬畏与顺应。他用自己的行动告诉我们：只有顺应自然、回归本真，才能达到真正的养生之道。

旅游的魅力不仅仅在于欣赏美景、体验文化，更在于它能够让我们在旅途中感悟人生、领悟生活的真谛。祖徕山之行，让我深刻体会到了这一点。我期待着未来的每一次旅行，都能让我在探索中收获更多的感悟与感动。

祖徕书院，古韵流芳。在齐鲁大地的深处，隐藏着一处历史的瑰宝——祖徕书院。这所书院，曾是北宋四大书院之一，在中国书院史上熠熠生辉，承载了无数文人墨客的求学之梦。

踏入祖徕书院，仿佛穿越了时空的隧道，回到了那个文化繁

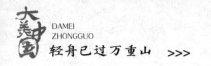

荣的北宋时代。古朴的建筑，静谧的庭院，每一处都散发着浓郁的文化气息。我仿佛能听见孙复、石介两位创始人的谆谆教诲，看见他们手捧经卷、讲经论道的身影。

徂徕书院不仅是知识的殿堂，更是思想的摇篮。在这里，儒家文化得到了传承和发扬，古文运动从这里拉开了序幕。书院培养出的人才，不仅学识渊博，更有着坚定的儒家信仰和积极入世的情怀。他们中的许多人，如姜潜、刘牧、张洞等，都在各自的领域中取得了卓越的成就，为后世留下了宝贵的财富。

漫步在书院的回廊之间，我仿佛能感受到那些先贤的呼吸。他们在这里探讨学术、交流思想，共同推动着儒家文化的发展。他们的智慧和勇气，激励着一代又一代的学子勇往直前，为国家和民族的繁荣贡献自己的力量。

徂徕书院不仅是一座历史的遗迹，更是一段文化的记忆。它见证了儒家文化的繁荣和发展，也见证了中华民族的文化自信。在这里，我感受到了中华文化的博大精深和源远流长，也感受到了作为一个中国人的自豪和骄傲。

离开徂徕书院时，我心中充满了感慨和敬畏。这所书院不仅是一座建筑，更是一种精神的象征。它告诉我们，只有不断地学习和探索，才能不断地进步和成长；只有坚定的信仰和传承，才能保持文化的繁荣和发展。

徂徕书院，这座历史的瑰宝，将永远镌刻在我的心中。它让我更加深刻地理解了旅游的魅力和价值，也让我更加珍惜和热爱中国的传统文化。在未来的日子里，我将继续探索更多的历史遗迹和文化瑰宝，让中华文化的瑰宝得以传承和发扬。

作书坊，隐逸之地的墨香。

　　徂徕山，以其秋千峰的奇崛与峻秀，吸引着无数文人墨客的目光。而在这山峦之间，隐藏着一处历史的瑰宝——作书坊。它位于秋千峰西北，徂徕村东南方向 3 千米处，是宋金时期书院的遗址，2003 年被公布为第三批县级文物保护单位。

　　初见作书坊，便为其古朴的气息所吸引。这座书院古称竹溪庵，占地约 1500 平方米，南北长 50 米，东西宽 30 米。它建在一个高出地面 1.5 米的平台之上，坐北朝南，庄严而肃穆。然而，时光荏苒，如今仅存的只是残破的房屋和四面墙体，却仍能感受到那份历史的厚重与文化的积淀。

　　走进作书坊，仿佛能听到历史的回声在耳边响起。这里曾是名流隐士们隐居著书立说的地方，他们或挥毫泼墨，或吟诗作赋，留下了无数珍贵的文化遗产。我仿佛能看到他们在月色下抚琴弄弦的身影，感受到他们在山间漫步时的悠然自得。

　　站在作书坊前，我不禁感慨万千。这里的地势奇伟，怪石兀立，山坞峻秀，正是隐居著书的绝佳之地。历代名流隐士们选择在这里隐居，不仅是因为这里的自然风光优美，更是因为这里有着一种独特的文化氛围。他们在这里追求精神的自由与独立，探寻人生的真谛与意义。

　　在作书坊的残垣断壁间漫步，我仿佛能够感受到那种穿越时空的魔力。这里的每一块石头、每一片砖瓦都似乎在诉说着过去的故事。我仿佛能听到那些名流隐士的欢声笑语和争论辩论之声，感受到他们的才情与智慧。

　　旅游的魅力在于它能够让我们穿越时空的隧道，回到过去的历史现场。在作书坊的这次旅行中，我深深地感受到了这一点。我不仅能够欣赏到徂徕山的自然风光之美，更能够领略到古代文化的博大精深。这次旅行让我更加深刻地认识到了旅游的价值和意义所在——它不仅能够让我们放松身心、愉悦心情，更能够让我们在旅行中感悟人生、领悟历史、汲取文化养分。

在离开作书坊的那一刻，我深深地感到一种不舍与留恋。这座古老的书院虽然已经失去了往日的辉煌与繁华，但它所承载的历史与文化却永远不会消失。我相信在未来的日子里，作书坊将会继续吸引着更多的游客前来探访和缅怀那些曾经在这里留下足迹的先贤。

二圣宫的古韵与遐想。

徂徕山林深幽静，掩映其中的，不仅是一片葱郁，还有一份尘封已久的文化记忆——二圣宫。这座金代建筑的道观遗址，历经风雨，见证了时光的流转，依旧静谧地矗立在庙子营林区，如同一本未曾翻阅的古籍，等待着旅者的探访。

初见二圣宫，便被其古朴而庄重的氛围所吸引。占地1100平方米的发券石块建筑，散发着岁月沉淀的厚重感。二层式结构，每一块长龙巨石都仿佛诉说着过往的辉煌。孔子坐西，老子坐东，两位圣人的塑像静静地对望，仿佛在诉说着儒道之间的和谐与交融。

走进宫殿底层，东西各有密室两间，设有南北两门，如同一个隐秘的天地，引人探寻。这些密室中，或许曾藏着珍贵的经卷，或许曾是道士们修行的场所。如今虽已空无一物，但仍能想象出当年道士们在此研读经书、修炼道法的情景。

除了二圣宫的主体建筑外，附近还有摩崖题刻17处，其中"竹溪佳境""贫乐岩""演易斋"等题刻，都是历史的见证者。它们或镌刻在巨石之上，或镶嵌在崖壁之间，每一笔每一画都充满了古人的智慧和情感。

漫步在二圣宫，仿佛能听到历史的回声在耳边响起。这些摩崖题刻，不仅记录了古人的足迹和思绪，也展现了他们对自然的敬畏和对生活的热爱。在这里，我仿佛能穿越时空，与古人对话，感受那份超脱尘世的宁静与恬淡。

旅游的魅力在于它不仅能让我们欣赏到美丽的风景，更能让我们在旅途中感悟人生、领略文化。二圣宫之行，让我深刻体会到了这一点。在这里，我不仅领略到了古代建筑的魅力，更感受到了儒道文化的博大精深。这些文化遗产不仅是我们民族的瑰宝，更是我们精神的寄托和追求。

离开二圣宫时，我心中充满了感慨和敬畏。这座古老的道观遗址虽然已失去了往日的繁华和喧嚣，但它所承载的历史和文化却永远不会消失。我相信在未来的日子里，二圣宫将继续吸引着更多的游客前来探访和缅怀那些曾经在这里留下足迹的先贤。

寻访石介墓：时光之沙与文化之痕。

踏上岱岳区徂徕镇的土地，我追寻着北宋文人石介的足迹，来到桥沟村南的石介墓前。这里，仿佛是一片被时光遗忘的圣地，静谧而庄重。

石介墓坐落于桥沟村南的石家墓林中，周围是一片葱郁的树木，仿佛是大自然为这位文人墨客准备的绿色屏障。墓前，明代学者吴希孔书写的"宋故太子中允石介之墓"碑文清晰可见，碑侧嵌有苏轼和刘概为石介所题的挽诗，字迹虽已漫漶，却仍透出深深的敬意和缅怀。

墓地为圆形，封土高约 1.7 米，四周用砖砌墙保护。站在墓前，我仿佛能穿越时空，回到那个文风鼎盛的北宋时代，与石介这位文坛巨匠对话。我想象着他身着青衫，手持书卷，在徂徕山的清幽中吟诗作文，与友人把酒言欢，留下了一页页璀璨的文学篇章。

墓林曾是石介家族的墓地，占地近80亩，古柏千株，浓荫蔽日。然而，在"文化大革命"中，这片墓林被平毁，碑碣散佚，只留下了这座孤独的墓冢和几块珍贵的碑文。我站在这里，心中充满了感慨和惋惜。这些历史的遗迹，是我们民族的宝贵财富，却在历史的洪流中遭受了无情的摧残。

然而，正是这些遗迹，让我们能够感受到历史的厚重和文化的深邃。它们不仅记录了一个时代的辉煌，更传承了一种精神的力量。石介的文学成就和人格魅力，正是通过这些遗迹得以传承和发扬。

在离开石介墓的时候，我深深地感受到了旅游的魅力和价值。旅游不仅是一次身体上的移动，更是一次心灵上的旅行。在旅途中，我们不仅可以欣赏到美丽的风景，更可以领略到不同地域的文化和历史。这些文化和历史，不仅丰富了我们的知识，更拓宽了我们的视野，让我们在人生的道路上更加从容和坚定。

石介墓，这座孤独的墓冢，让我感受到了历史的沧桑和文化的厚重。在这里，我收获了感动和启示，也更加珍惜和热爱我们的民族文化。我相信，在未来的旅途中，我还会继续追寻这些历史的遗迹，感受它们所蕴含的深刻内涵和无尽魅力。

时珍遗风。

古有英雄，生于乱世，字国宝，名时珍，新泰天宝之豪杰也。彼时金国将颓，乱世之中，英雄辈出，然时珍之为人，宽厚而仁信，自幼便得人心。东海之盗起，郡县官逃，百姓忧惧，唯有时珍，临危不惧，率众击贼，贼败而散，地方得安。

彭义斌举荐，时珍主政袭庆，兼兵马令，授武翼郎。贫者、游者，皆得其安抚，开荒地，建屋宇，百姓安居，皆乐生。兖州之治，二十年矣，二百里内，盗贼皆不敢犯。

宋宝庆二年，元兵南下，时珍识时务，归顺严实，封昭勇大将军，镇守兖州。金正大六年，封左副元帅，陇西郡开国侯，食邑千户。然其志不在爵禄，而在于百姓之安宁。嘉熙二年，告老还乡，辟舍建宅于天宝寨西，自号时家庄。驰田射猎，寄情山水，不问政事，然其功绩，流传千古。

时珍之治，不仅在兵，更在文。徂徕山，自古名胜，时珍重修古迹，如感应侯祠、二圣宫、隐仙观、光化寺等，皆得焕然一新。其保护之功，使地方经济得以发展，文化得以繁荣。东平之地，因之成为元代最安定繁华之一，元杂剧之四大中心，亦因时珍等人之努力而得以形成。

时珍之为人，摒弃狭隘之民族主义，以民生为上，务实为本。兵祸乱世，百姓苦之，然时珍能控制战乱，保护一方安宁，实乃大英雄也。其事迹，虽经千年，仍历历在目，令人敬仰。

今人游于天宝，思及时珍之遗风，不禁感慨万千。乱世之中，能得此等英雄，实乃百姓之福。愿我辈能承其遗志，保护家园，建设国家，使天下皆安。

党怀英，祖籍同州冯翊（今陕西大荔），党怀英为宋初名将党进的十一代孙，其父党纯睦为北宋泰安军录事参军，后死于任上，其母以贫不归，因家奉符（今山东泰安）。岁月流转，家族迁徙，铸就了一段坚韧不拔的家族传奇。

少年党怀英，风华正茂，与辛弃疾同师刘瞻，二人并称"辛党"。彼时，金人南下，山河破碎，辛弃疾挥剑抗金，而党怀英则选择留金，从此二人分道扬镳，各自书写着不同的人生篇章。

党怀英虽身处乱世，却心向山水，放浪形骸。大定十年，他一举中进士，步入仕途。历任莒州军事判官、汝阴县尹、国史院编修官等职，政绩卓著，声名远播。他参与《辽史》刊修，撰写碑文，字字珠玑，为后世留下了宝贵的文化遗产。

金章宗时期，党怀英更是备受重用，升任直学士、国子祭酒等职，成为金朝文坛领袖。他治学严谨，文风清丽，深受历代君主赏识。其书法亦是一绝，尤其是那"金泰和"三字，笔力遒劲，线条流畅，柔中带刚，成为钱币遗产中的珍品。

然而，党怀英并非只知文墨的文人。他治理地方，崇尚宽简，深得民心。在泰宁军节度使任上，他勤政爱民，政绩斐然。晚年虽欲告老还乡，却仍被朝廷召回，继续担任翰林学士承旨，为朝廷出谋划策。

岁月如梭，党怀英终在卫绍王大安三年离世。他的一生，既有文人的清雅，又有武将的坚韧。他的诗文、书法、政绩，都成为后人传颂的佳话。如今，他的墓地虽已残破，但那些石人、石马、石羊，仍默默地守护着这位历史上的文化巨匠，见证着他不朽的传奇。

党怀英之韵，不仅在于他的文采飞扬，更在于他的人格魅力。他的一生，是对家国情怀的最好诠释，也是对文化精神的最好传承。

在徂徕山之巅，藏着一处古韵犹存的道观——隐仙观。这观，明代道士于蚝虚所创，名虽曰"隐"，却难掩其历史之厚重与神秘。

观依山而建，坐北面南，古木参天，清幽绝尘。踏过那古朴的隔尘桥，仿佛穿越了千年的时光，来到了另一个世界。桥畔，一对千年银杏伫立，犹如一对恩爱夫妻，历经风雨，依旧守望相助。

往东行，便见那"金阙云宫"——玉皇阁，虽历经沧桑，却依旧庄严肃穆。阁前，道士们的生活起居之所，虽已颓塌，但基址犹存，让人不禁想象起当年道士们晨钟暮鼓、修道炼丹的情景。

三清殿，虽已不复当年之貌，但天皇、地皇、人皇的塑像基址尚在，仿佛还能感受到那份对天地人三才的敬畏与尊崇。

观之西侧，建筑错落有致，隔尘桥、六逸亭、遥瞻门、吕祖殿、六逸堂、月门，一路蜿蜒而上，如一幅精美的山水画卷。吕祖殿内，八仙之一的吕洞宾端坐其中，神态安详，仿佛在诉说着那不朽的传说。六逸堂中，供奉着"竹溪六逸"，让人不禁想起那些潇洒飘逸的文人墨客。

月门之上，"筱洞天"三个大字苍劲有力，仿佛在诉说着这里的清幽与雅致。遥瞻门左下，那神秘的昆仑洞直通炼师卧室，令人心生好奇，想要一探究竟。

观内，碑碣林立，《蓬莱派重修碑记》《重修楼阁殿宇碑》等碑刻，记录着隐仙观的兴衰与变迁。清代所建的六逸亭虽已不在，但遗址上的题刻依旧清晰可见，让人感受到那份历史的厚重与深沉。

而那株古藤，更是传说中的神奇之物。道士们曾以藤作桥，来去渡溪，留下了许多美丽的传说。如今，藤依旧在，只是那桥已不复存在，让人不禁感慨岁月的无情与沧桑。

于蚖虚，这位明代道士，字志宏，村民多称其为于老首。他在此修道成仙，留下了许多神奇的传说。尸解成仙后，竟能在短时间内出现在千里之外，令人惊叹不已。其弟子为其建衣冠冢于后林，以示纪念。

隐仙观，这处古老的道观，不仅是一处文化遗产，更是一个充满神秘与传奇的地方。每一次踏足这里，都能感受到那份宁静与深邃，仿佛能与古人对话，聆听那遥远的回声。

徂徕烽火。

徂徕山，这座巍峨的山岳，在历史的洪流中，见证了无数的英雄与传奇。1938 年的那个元旦，黎玉、赵杰、林浩等革命先驱，在这座山上点燃了抗日武装的烽火，开启了山东抗战的新篇章。

那是一个风云激荡的时代，外敌入侵，国难当头。徂徕山上，一群心怀家国的志士，手持长矛大刀，肩负起了抗日救国的重任。他们高举着八路军的旗帜，誓要将日寇赶出中华大地。

起义的枪声在徂徕山回荡，不久，莱芜、新泰、泗水、宁阳等地的抗日武装如潮水般涌来，光化寺前，战士们会师一堂，士气高昂。短短一个月，起义队伍便发展至 700 人，编成三个中队，严阵以待。

寺岭村一战，起义军伏击日军，捷报频传；四槐树伏击，再次大获全胜。每一次战斗，都彰显了起义军的英勇与智慧，也鼓舞了山东人民的抗日斗志。

洪涛、林浩等将领率部进军莱芜，攻克莱芜城，又挥军向淄川、博山进发，沿途扩大队伍至 2000 人。他们不仅打击了日军的嚣张气焰，还建立了抗日人民政权，为山东的抗战事业奠定了坚实的基础。

徂徕山抗日武装起义，是山东抗战的源头，也是山东抗日队伍的种子。它打响了山东省委独立领导山东抗战的第一枪，揭开了山东党组织独立自主领导抗战的序幕。

在隐仙观院内，一座"勿忘国耻"碑静静地矗立着。它时刻提醒着我们，那段屈辱的历史不能忘记，那些为国家献出生命的英雄不能忘记。鲍峰山将军的碑文，更是激励着我们勿忘国耻，奋勇向前。

徂徕山抗日武装起义纪念碑，高耸在马头山上，诉说着那段波澜壮阔的历史。徐向前元帅题写的碑名，熠熠生辉；武中奇老战士撰写的碑文，字字铿锵。它见证了徂徕山起义的英勇与辉煌，也铭记了那段不屈不挠的抗战岁月。

如今，泰安徂徕山抗日武装起义博物馆已经建成，它陈列着起义时期的珍贵文物，展示着那段历史的真实面貌。这里，我们可以感受到罗荣桓元帅率领 115 师浴血奋战的抗战历程，也可以领略到山东抗日根据地创建巩固发展的历史风貌。

徂徕山，这座英雄的山岳，将永远铭记着那段历史，也将永远激励着我们为中华民族的伟大复兴而努力奋斗。

天宝之地，樱桃之乡，千年传承，独领风骚。其樱桃种植历史之久远，品种之繁多，皆令人叹为观止。被誉为"江北鲜果第一枝"的天宝樱桃，更是名扬四海，家喻户晓。

天宝樱桃，其品种丰富，琳琅满目。中华樱桃，古韵悠长，红灯闪烁，犹如夜空的繁星；意大利早红，异国风情，艳红如火，热烈奔放；莱阳矮化，小巧玲珑，甜美可口，宛若江南女子；龙冠巍峨，气势磅礴；乌克兰大樱桃，异域风情，更是让人

流连忘返。五大系列，28 种品种，每一种都有其独特的韵味和
魅力。

　　天宝樱桃之所以能在众多水果中脱颖而出，除了其独特的品
种外，更得益于其得天独厚的生长条件。天宝镇，气候适宜，土
壤肥沃，雨水充沛，阳光充足，这些自然条件为樱桃的生长提供
了绝佳的环境。樱桃树在这里茁壮成长，枝繁叶茂，果实累累，
每一颗樱桃都充满了自然的精华和天宝人民的辛勤汗水。

　　为了让更多的人在春节期间就能品尝到鲜美的大棚樱桃，
天宝人民更是不断创新，发展樱桃大棚种植技术。在科技的助力
下，樱桃的上市时间提前了三个月，让人们在新春佳节之际就能
享受到这份来自大自然的馈赠。

　　1998 年，天宝镇因其卓越的樱桃种植技术和丰富的品种资源，被农业部农业特产委员会命名为"中国樱桃第一镇"。这一荣誉的获得，不仅是对天宝樱桃品质的认可，更是对天宝人民辛勤付出的肯定。

　　漫步在天宝镇的樱桃园中，只见樱桃树错落有致，枝繁叶茂。阳光透过树叶的缝隙洒在地面上，形成斑驳的光影。微风拂过，树叶沙沙作响，仿佛在低语着天宝樱桃的传奇故事。樱桃果实在阳光的照耀下晶莹剔透，宛如一颗颗红宝石镶嵌在绿叶之间，散发出诱人的香气。

　　天宝樱桃，不仅是一种美味的水果，更是一份文化的传承和历史的见证。它见证了天宝人民的智慧和勤劳，也见证了天宝镇的发展和繁荣。让我们共同期待，天宝樱桃在未来能够继续传承和发扬这份独特的魅力，让更多的人品尝到这份来自大自然的馈赠。

　　天宝的名山文化、名士文化、梁父山北齐摩崖石刻，物华天宝，人杰地灵。

　　天地之间，山川有灵，石有魂。古人云："山川之美，古来共谈。"今我踏足礤石峪，顿觉此言不虚。此峪被誉为龙穴，非虚传也。玄武镇北，青龙蜿蜒于左，白虎雄踞于右，朱雀飞舞于南，四象俱全，宛如天地造化之杰作。

　　初入峪中，但觉山势险峻，石径蜿蜒。仰观贵人峰，似龙蛇盘踞，气势磅礴。而猪山，亦名崍山，其形如龟，稳坐峪中，似在静观风云变幻。卧石山顶，一只白虎栩栩如生，仿佛随时会跃然而起，令人心生敬畏。三台山间，青龙洞深藏不露，传闻有龙蛇栖息，更增神秘之感。

沿路而行，耳边不时传来潺潺流水之声，循声望去，只见一条小溪蜿蜒而下，清澈见底。这便是陂水，古称礤石陂，礤石峪之名，便由此而来。陂水两旁，古松参天，郁郁葱葱，犹如一幅天然的山水画卷。

行至竹溪，见一古庙，乃是巢父庙。巢父，古之隐者，与许由并称为高士。此庙虽历经沧桑，但依旧古朴典雅，令人肃然起敬。站在庙前，远眺群山，心中不禁涌起一股浩然之气。

《水经注》云："徂徕山在梁甫、奉高、博三县界，犹有美松，亦曰尤徕之山也。"此言不虚，徂徕山之美，不仅在于其山水之胜，更在于其历史文化之厚重。而礤石峪，作为徂徕山的一部分，更是集天地之灵气，汇古今之精华。

离巢父庙渐行渐远，但心中那份对礤石峪的敬畏与喜爱之情却越发浓烈。行走在山间小道上，每一步都仿佛踏在历史的长河中，感受着这片土地所承载的厚重与深沉。

回首望去，礤石峪重峦叠嶂，仿佛一幅天然的画卷在眼前徐徐展开。青龙、白虎、玄武、朱雀，四象环绕，各自守护着这片神秘的土地。而礤石峪中的每一块石头、每一滴水，都仿佛在诉说着古老的故事，让人不禁沉醉其中。

时值深秋，礤石峪中的树木已经换上了金黄的外衣，与青山绿水相映成趣。一阵秋风吹过，树叶沙沙作响，仿佛是大自然在为我们演奏一曲美妙的乐章。我闭上眼睛，尽情地享受着这难得的宁静与和谐。

穿过一片茂密的竹林，我来到了一处幽静的山谷。这里人迹罕至，只有偶尔传来的鸟鸣声和流水声打破了山谷的寂静。我沿着山谷中的小路慢慢前行，心中充满了对未知的好奇与期待。

　　突然，一道瀑布从山顶倾泻而下，水声轰鸣，气势磅礴。我站在瀑布前，感受着水雾扑面而来，仿佛置身于仙境之中。瀑布下的水潭清澈见底，一群群小鱼在水中自由自在地游弋，为这宁静的山谷增添了几分生机与活力。

　　继续前行，我来到了一处宽阔的观景台。站在这里，我可以俯瞰整个礤石峪的美景。远处的山峰连绵起伏，云雾缭绕；近处的树木郁郁葱葱，鸟语花香。我深深地吸了一口气，感受着大自然的清新与美好。

　　夜幕降临，礤石峪变得更加神秘而迷人。我点起一盏灯火，坐在山顶之上，仰望着满天的繁星。此刻的我，仿佛与天地融为一体，感受着宇宙的浩瀚与深邃。

　　此行礤石峪，让我领略了大自然的神奇与美丽，也让我感受到了历史的厚重与深沉。我将这份美好的记忆珍藏在心中，期待着下一次的旅行。

　　游罢礤石峪，心中久久不能平静。此峪之美，非言语所能形容。其山水之胜，历史文化之厚重，皆令人叹为观止。愿此美景永存，为后人所传颂。

　　在泰安市徂汶景区天宝镇，有一个静美的地方，那就是竹溪印象民宿。竹溪印象民宿位于"徂徕第一奥区"礤石峪内。2021年，竹溪印象民宿酒店协助央视4套"美食中国"栏目拍摄了《山香一脉》，介绍了本店特色菜"桃花鸡片"；2022年，民宿协助《大泰山》纪录片摄制组完成了第四集的拍摄；2023年5月，央视9套将在民宿现场拍摄纪录片《跟着唐诗去旅游》，山东电视文旅频道也把本店列入省文旅厅主办的"夏游齐鲁"直播活动泰安站的直播现场。竹溪印象民宿所在的徂徕山樱桃沟，是全国

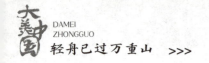

三大樱桃主产地中最早成熟的产区，有着千年的中华樱桃种植历史。徂徕山是世界地质公园、国家森林公园、国家4A级旅游景区和全国首批森林氧吧，山区生态环境优异，风光秀丽，人文底蕴丰富，有全真教蓬莱派开山道观隐仙观，也是伟大诗人李白和唐代高僧赵州禅师的隐居地。周边5千米内有古代封禅名山梁父山、北朝古寺光化寺、李白隐居地徂徕山竹溪等文物景点，半小

时内可到达徂徕山森林温泉康养度假谷、徂徕山滑雪场、汶河国家湿地公园、泰山世界地质公园龙湾构造区。民宿以徂徕山自然风光和特色樱桃种植业为主要吸力，以李白、赵州禅师隐居地为主题，以"艺术改变乡村"为理念，不追求"一百万人来一次"的景区，致力打造"一万人来一百次"的诗意田园。

竹溪印象。在泰安市徂汶景区的天宝镇，隐匿着一处静谧的所在，名唤竹溪印象民宿。它宛如一颗璀璨的明珠，镶嵌在"徂徕第一奥区"的礤石峪内，与周围的自然风光和谐相融，构成了一幅美丽的画卷。

竹溪印象民宿，以徂徕山的自然风光和特色樱桃种植业为背景，仿佛是大自然与人类智慧的完美结合。这里山清水秀，四季分明，春有百花争艳，夏有绿荫蔽日，秋有红叶满山，冬有白雪皑皑。而那漫山遍野的樱桃树，更是为这片土地增添了几分诗意与浪漫。

民宿的命名，来源于两位历史上的名人——李白和赵州禅师。他们曾在此隐居，留下了许多脍炙人口的诗篇和禅语。如今，竹溪印象民宿以他们的隐居地为主题，将他们的文化精神融入其中，让每一位游客都能感受到那份宁静与超脱。

于群山环抱之间，有一条小溪，名为竹溪。它如一条碧绿的丝带，蜿蜒曲折，悄然绕过山前，向西而去。初识竹溪，便觉其如诗如画，令人心旷神怡。

沿着溪边小径漫步，溪水碧绿如玉，淙淙之声不绝于耳。那清澈见底的溪水中，一群群小小的鱼儿悠然自得，偶尔跃出水面，激起一圈圈涟漪。而溪底，一群小小的虾蟹在沙石间爬行，仿佛在进行一场永无止境的探险。

溪水两旁，芳草萋萋，野花点缀其间，一捧一捧，如同天边的繁星，璀璨夺目。那些花儿，或红或黄，或紫或白，竞相开放，散发出淡淡的香气，令人陶醉。

竹溪两岸，碗口粗的竹子林立，郁郁葱葱，形成一片碧绿的海洋。阳光透过竹叶的缝隙，洒下斑驳的光影，为这片竹林增添了几分神秘与宁静。微风拂过，竹叶沙沙作响，仿佛在低语，诉说着千年的故事。

顺着山路拾级而上，山前出现一块巨大的岩石。那岩石的纹路奇特，竟然与竹叶一般无二，一片片地铺展开来，仿佛是大自然精心雕琢的竹叶岩。岩石上刻着"竹溪佳境"四个大字，笔力遒劲，气韵生动。相传这四个字为金代文士安升卿所书，他曾在竹溪畔留下足迹，为这片美景所倾倒，挥毫泼墨，留下了这千古绝唱。

站在岩石之上，俯瞰整个竹溪，只见溪水蜿蜒，竹林葱茏，芳草萋萋，野花盛开。这一切构成了一幅美丽的画卷，让人流连忘返。此刻，我仿佛置身于一个世外桃源，远离了尘世的喧嚣与纷扰，心灵得到了片刻的宁静与安宁。

竹溪之美，不仅在于其清澈见底的溪水、郁郁葱葱的竹林，更在于其独特的文化氛围和人文历史。这里是大自然的杰作，也是人类智慧的结晶。愿每一个来到这里的人，都能感受到这份美好与宁静，让心灵得到洗涤与升华。

这家民宿，仿佛是大自然用心雕琢的艺术品，处处流露出浓郁的文化气息。

推开那扇古老的木门，一片翠绿的竹林映入眼帘。竹子挺拔而有力，它们的枝叶随风摇曳，发出沙沙的声响，仿佛是大自然的乐章。我踏着竹子榻榻米，感受到脚下传来的柔软与温暖，每一步都像是走在轻柔的云朵上。

沿着木质楼梯拾级而上，我来到了二楼的卧室。这里的窗户宽敞明亮，如同画框一般，将徂徕山的秀美景色尽收眼底。远望，群山连绵起伏，云雾缭绕，仿佛一幅流动的泼墨山水画。近观，翠竹簇拥，青翠欲滴，竹叶在微风中轻轻摇曳，发出沙沙的细语。

耳边不时传来附近水沟里溪水潺潺的声音。那溪水清澈透明，宛如一条银色的丝带在山间穿梭。它欢快地流淌着，发出悦耳的叮咚声，仿佛在诉说着这片土地上的故事。

在竹屋里，我享受着宁静而悠长的时光。清晨，阳光透过窗户洒在屋内，温暖而柔和。我捧起一本书，坐在窗前，任阳光洒在身上，任微风拂过脸庞。我沉浸在书的世界里，思绪随着文字飘荡。

午后，阳光变得炙热而刺眼。我走到阳台上，闭上眼睛，聆听溪水的歌声，感受翠竹的摇曳。竹风轻轻吹过，带着丝丝凉

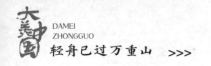

意，让我感到无比舒适。溪水潺潺，仿佛在与我交流，带给我无尽的宁静与愉悦。

夜晚降临，月亮升起，洒下银色的光辉。我走出屋外，抬头仰望那轮皎洁的明月。月光如水，静静地流淌在大地上，将一切都笼罩在一片银色的光辉之中。我闭上眼睛，感受着月光带来的清凉与宁静，仿佛整个世界都与我融为一体。

在"竹溪印象"，我度过了一个又一个美好的时光。这里不仅有翠绿的竹林、清澈的溪水、秀美的山色和皎洁的月光，更有那份难以言表的幸福之感。这种幸福来源于大自然的恩赐，也来源于内心的平静与满足。在这里，我仿佛找到了一个属于自己的世外桃源，让我沉醉其中，不愿离去。

在"竹溪印象"的每一个角落，都仿佛蕴藏着无尽的诗意与画意。除了宁静的竹林、潺潺的溪水，还有那精心布置的小径和角落里的细节，都让人流连忘返。

小径两旁，摆放着各式各样的盆栽花卉，它们或红或黄，或紫或白，争奇斗艳，为这片绿色的世界增添了几分色彩。微风拂过，花朵轻轻摇曳，散发出淡淡的香气，令人心旷神怡。

民宿内，每一件家具都透露着古朴与典雅。木质的桌椅、竹制的茶具、陶瓷的花瓶……它们都是经过精心挑选和设计的，与周围的环境相得益彰。坐在这样的环境中，品一杯清茶，读一本好书，或是与三五知己畅谈人生，都是一种难得的享受。

夜晚的"竹溪印象"更是别有一番风味。当夜幕降临，星星点点的灯光亮起，整个民宿都笼罩在一片温馨的氛围中。我躺在柔软的床上，听着窗外的虫鸣和溪水的流淌声，感受着大自然的韵律和节奏。此时的我，仿佛与这片土地、这片星空融为一体，感受到了前所未有的宁静与和谐。

在"竹溪印象"的日子里，我不仅感受到了大自然的美丽与神奇，更体验到了人与自然的和谐共生。这里的一切都让我感到无比舒适和放松，仿佛找到了一个心灵的归宿。

离开"竹溪印象"的那一刻，我依依不舍地回头望了一眼。那片翠绿的竹林、那条清澈的溪水、那座古朴的民宿……它们都深深地印在了我的心中，成了我旅途中最美好的回忆。我相信，在未来的日子里，无论我走到哪里，我都会怀念这片美丽的土地和这段难忘的时光。

走进竹溪印象民宿，仿佛进入了一个诗意的田园世界。这里的建筑风格独特，既有古朴的韵味，又不失现代的舒适。每一间房间都精心设计，充满了艺术气息。窗外的竹林和溪流，更为这里增添了几分静谧与灵动。

民宿周围环绕着茂密的竹林，竹子挺拔而富有生机，为整个环境增添了清新和宁静。竹林中的小径曲折蜿蜒，漫步其中，仿佛置身于一个绿色的世界。民宿附近有一条清澈的溪水，溪水潺潺，发出悦耳的声音，为环境增添了一份灵动和生机。溪水边芳草萋萋，野花点缀，构成了一幅美丽的自然画卷。民宿位于一个风景秀丽的山间，远离城市的喧嚣，提供了一个宁静而舒适的居住环境。同时，周边有多个著名的旅游景点，如徂徕山等，为游客提供了多种选择。民宿周边环境优美，空气清新，是一个理想的休闲度假场所。周围的山峦起伏，云雾缭绕，景色宜人。此外，民宿还靠近一些生活设施，如餐馆、购物中心等，方便游客的日常需求。

在这里，你可以远离城市的喧嚣，放下心中的烦恼，尽情享受大自然的恩赐。你可以漫步在竹林间，聆听鸟儿的歌唱；也可以坐在溪边，感受水流的轻柔。在这里，你可以品味到地道的农家美食，也可以亲手采摘新鲜的樱桃，体验田园生活的乐趣。

竹溪印象民宿的主人，有着一颗热爱乡村、热爱艺术的心。他们不追求"一百万人来一次"的景区效应，而是致力于打造一个"一万人来一百次"的诗意田园。他们希望通过自己的努力，让更多的人能够走进这片美丽的土地，感受乡村的魅力，体验艺术的魅力。

在竹溪印象民宿的每一个角落，都弥漫着一种诗意的气息。这里的一草一木、一砖一瓦，都仿佛在诉说着一个个动人的故事。在这里，你可以找到内心的宁静与平和，也可以找到生活的美好与希望。

竹溪印象民宿，一个让人流连忘返的诗意田园。在这里，你可以放下尘世的纷扰，与大自然融为一体，感受生命的美好与宁静。

一条从《诗经》里
流淌出的文化河

大汶河，文明的摇篮

　　蜿蜒千里，如碧带绕山，那是一条古老而年轻的河流，它有一个响亮的名字——大汶河。古称汶水，这条母亲河，静静地流淌在泰安的土地上，诉说着千年的故事，孕育着灿烂的文明。

　　漫步在河畔，绿意盎然，波光粼粼。河水潺潺，似在低语，讲述着古老的大汶口文化的辉煌。那是一片遥远的时光，陶器的

碎片、石器的斑驳，都是岁月留下的痕迹。在这片土地上，人们日出而作，日落而息，生活简单而纯粹。他们的智慧如同这河水一般，深沉而宽广，创造了独特的文明，流传至今。

大汶河，不仅仅是一条河，更是一条文化的河流。它从《诗经》里流淌出来，润泽了博大精深的大泰山文化。那些脍炙人口的诗篇，赞美着河水的清澈、山峦的壮丽。河水与山峦相互映衬，构成了一幅幅美丽的画卷。这些诗篇不仅记录了历史，更传承了文化，让后人能够领略到古人的风采。

沿着河畔行走，仿佛穿越了时空的隧道。那些古老的传说和故事，如同河水一般流淌在心头。大禹治水的故事、泰山的神话传说，都与这条河流息息相关。它们如同璀璨的星辰，点缀在历史的天空中，让人叹为观止。

大汶河见证了泰安的历史变迁。从远古时代到现代文明，它始终静静地流淌着，见证着这座城市的兴衰荣辱。无论是战火的硝烟还是和平的安宁，它都默默地承受着、包容着。它是泰安的灵魂，是这片土地上最宝贵的财富。

　　站在河畔，望着那悠悠的河水，心中不禁涌起一股莫名的感动。这条古老而美丽的河流，不仅滋养了这片土地上的生灵，更孕育了灿烂的文化。它如同一位慈祥的母亲，用自己的乳汁哺育着儿女们成长。我们应该珍惜这份恩赐，传承这份文化，让大汶河的故事永远地流传下去。

　　大汶口，一个名字中便蕴含了岁月与故事的古镇，坐落于泰山南麓、大汶河北岸。这里，因大汶口文化而声名远扬，仿佛每一块石头、每一滴水都诉说着千年的历史。

　　踏入大汶口，首先映入眼帘的便是那阐释大汶口文化的大汶口遗址博物馆。馆内陈列着各种陶器、石器，它们虽已历经风霜，却依然闪烁着先人的智慧与匠心。站在这些文物前，我仿佛能听到远古时期人们劳作的声响，感受到那份淳朴与坚韧。

  走出博物馆，我漫步在明石桥上。这座桥虽历经沧桑，却依旧坚固如初。桥下的河水潺潺流过，仿佛在诉说着古老的故事。我闭上眼睛，仿佛能听到那悠远的回声，感受到历史的厚重与

深沉。

　　继续前行，我来到了大汶口的石头古镇。这里的建筑多以石头为主，古朴而典雅。走在石板路上，感受着脚下石头的坚硬与

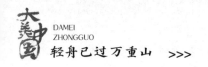
冰凉，我仿佛能触摸到历史的脉络。每一块石头都仿佛有着自己的生命，它们见证了这座古镇的兴衰荣辱，也承载了无数人的欢笑与泪水。

在这里，我感受到了时间的流转与沉淀。大汶口不仅是一个地理名词，更是一个历史的符号。它见证了中华文明的演进与发展，也承载了无数人的记忆与情感。在这里，我仿佛能听到历史的呼吸，感受到文化的脉搏。

站在大汶口的高处，我眺望着远方。大汶河在阳光下波光粼粼，宛如一条银色的丝带在大地上飘舞。泰山则像一位庄严的守护者，静静地伫立在天际。这一刻，我感到自己仿佛融入了这片土地，成了这片历史与文化的一部分。

大汶口之行，让我深深地感受到了历史的厚重与文化的魅力。这里不仅有美丽的风景和丰富的历史遗迹，更有那份淳朴与坚韧的人文精神。我相信，在未来的日子里，大汶口将会继续传承着这份独特的文化魅力，吸引着更多的人前来探寻与品味。

探寻大汶口的岁月之歌

2016 年，大汶口国家考古遗址公园荣获了泰安市爱国主义教育基地的殊荣，这一消息如春风般吹拂着我的心田。我怀揣着对古老文明的敬畏与好奇，踏上了这片承载着千年历史与文化的土地。

初入公园，首先映入眼帘的是那座气势恢宏的遗址博物馆。

博物馆的外观古朴典雅，与周围的自然环境和谐相融。馆内陈列着各类石器、陶器、玉器等文物，它们静静地诉说着大汶口文化的辉煌与灿烂。我漫步在展厅中，仿佛穿越时空，回到了那个遥远的时代，感受着先人们的智慧与勤劳。

走出博物馆，我来到了中心广场。广场宽阔平坦，四周绿树成荫，花儿竞相绽放。我站在广场上，感受着微风的吹拂，心中涌起一股莫名的激动。这里是大汶口文化的中心，是历史与现代的交汇点。我仿佛能够听到历史的回声，感受到文化的熏陶。

接着，我来到了遗址核心区保护大棚。大棚内是考古发掘的现场，展示了遗址的原貌和考古工作的成果。我沿着指示牌走进大棚，只见一片繁忙的景象。考古人员们正在细致地清理着泥土，寻找着历史的痕迹。我驻足观看，感受着他们的专注与执

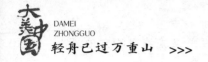

着，心中充满了敬意。

走出大棚，我来到了汶水百合园。这里是一片花的海洋，百合花竞相绽放，香气扑鼻。我漫步在花海中，感受着大自然的美丽与神奇。这里是大汶口国家考古遗址公园的一部分，也是人与自然和谐共生的象征。

最后，我来到了滨河景观带。这里依河而建，景色宜人。我沿着河边漫步，欣赏着河水的波光粼粼，感受着微风的吹拂。这里是大汶口国家考古遗址公园的延伸，也是泰安市民休闲娱乐的好去处。

在游玩的过程中，我不禁感慨万分。大汶口国家考古遗址公园不仅是一个展示历史文化的窗口，更是一个传承与弘扬爱国主义精神的重要基地。这里的一草一木、一砖一瓦都蕴含着深厚的历史底蕴和文化内涵。我深深地感受到，作为一个中国人，我们应该珍惜和传承这份宝贵的文化遗产，让它在新的时代里焕发出新的光彩。

同时，我也被这里的美景所深深吸引。无论是遗址博物馆的庄重古朴，还是中心广场的宽阔平坦；无论是遗址核心区保护大棚的繁忙景象，还是汶水百合园的花海芬芳；抑或是滨河景观带的宜人风光，都让我流连忘返。这里不仅是一个旅游胜地，更是一个心灵的归宿。

站在大汶口国家考古遗址公园的门口，我依依不舍地告别了这片美丽的土地。但我知道，我的心已经留在了这里，留在了这片孕育了灿烂古文明、滋养了丰富文化的土地上。我相信，在未来的日子里，我还会再次来到这里，探寻更多关于大汶口文化的秘密和故事。

时光之旅：大汶口的陶语

踏入大汶口遗址博物馆的那一刻，我仿佛被一股神秘的力量牵引，穿越回了遥远的新石器时代晚期。这里的每一块石头、每一件文物，都承载着厚重的历史与故事，静静地诉说着大汶口文化的辉煌。

展厅内，光线柔和，空气中弥漫着一种古老而神秘的气息。精美的陶器、石器等文物，宛如历史长河中的明珠，熠熠生辉。我驻足在一件陶器前，它造型独特，线条流畅，色泽温润，仿佛在低语着千年前的故事。这些陶器不仅是大汶口文化的代表之一，更是古人们智慧的结晶。

"海岱曙光"作为大汶口遗址博物馆的主题，恰如其分地展现了这一地区在新石器时代晚期的文化曙光。博物馆分为序厅、发现大汶口、探索大汶口、守护大汶口、仰望大汶口以及文创商务区六大板块，每个板块都如同一个时光隧道，引领我深入探索大汶口文化的奥秘。

在"发现大汶口"板块，我看到了考古人员们辛勤挖掘的场景，仿佛能听到他们挖掘出第一件文物时的喜悦与惊叹。这些发现不仅让我们对大汶口文化有了更深刻的认识，也让我们对古人们的智慧与勤劳有了更深的敬意。

"探索大汶口"板块则展示了更多关于大汶口文化的细节。通过图文、模型等多种形式，我了解到大汶口人的生活习俗、社会结构以及宗教信仰等方面的信息。这些生动的展示让我仿佛置

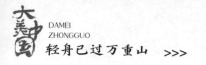

身于那个遥远的时代，与大汶口人一同生活、劳作。

"守护大汶口"板块则强调了文化遗产保护的重要性。看着那些经过修复的文物和遗址模型，我深刻体会到保护文化遗产的紧迫性和重要性。只有保护好这些珍贵的文化遗产，我们才能更好地传承和弘扬中华文明。

"仰望大汶口"板块则是对大汶口文化的高度评价。这里通过多媒体、互动装置等多种形式，展示了大汶口文化在中华文明起源历程中的重要意义。我为大汶口人的智慧和创造力感到自豪，也为能够传承和弘扬这份宝贵的文化遗产而感到荣幸。

最后，我来到文创商务区。这里展示了以大汶口文化为元素的文创产品，如陶器复制品、文化衫等。这些产品不仅具有实用价值，更是传承和弘扬大汶口文化的重要载体。我挑选了几件心仪的文创产品作为纪念，希望它们能够时刻提醒我不忘初心、铭记历史。

离开大汶口遗址博物馆时，我心中充满了感慨和敬意。这次旅行不仅让我领略了大汶口文化的魅力，更让我深刻认识到文化遗产保护的重要性。我相信在未来的日子里，大汶口文化将会继续焕发出新的光彩，成为中华文明宝库中的一颗璀璨明珠。

石桥古韵，汶水长歌

从大汶口遗址博物馆的厚重历史中走出，我沿着蜿蜒的小径，继续探寻这片古老土地上的故事。不远处，一条宽阔的河流映入眼帘，那是泰安的母亲河——大汶河。河水潺潺，波光粼粼，仿佛在低语着千年的往事。

河上，一座古老的石桥横跨两岸，那便是全国重点文物保护单位——大汶口古石桥。这座石桥，又被称为明石桥，始建于明代，历经数百年的风雨洗礼，依然坚固如初，诉说着岁月的沧桑。

我踏上石桥，每一步都仿佛踏在历史的脉络上。桥面由青石铺就，经过岁月的磨砺，变得光滑而温润。桥栏上的石雕，虽然已有些模糊，但依然能辨认出当年工匠们的匠心独运。

站在桥上，放眼望去，河水悠悠，波光粼粼。我仿佛能听见历史的回声，在耳边轻轻响起。这座石桥，曾见证了商旅云集之地的繁荣，也曾见证了大汶河两岸文明的发展。那些遥远的往事，如同河水一般，缓缓流淌，永不停息。

我闭上眼睛，感受着微风拂面，聆听着河水潺潺。心中涌起一股莫名的感动，仿佛与这座石桥、这条河流产生了某种奇妙的联系。我想，这就是旅行的意义吧——让我们在行走中感受历史的厚重，在体验中领悟生活的真谛。

大汶口古石桥，不仅是一座桥，更是一座历史的丰碑。它见证了泰安这片土地的变迁，也见证了中华文明的繁荣与传承。每一次站在这里，都能感受到那份厚重的历史气息和深厚的文化底蕴。

望着眼前的石桥和河水，我深深地感叹：岁月如歌，历史如河。愿我们都能珍惜这份宝贵的文化遗产，传承和弘扬中华文明的精神内涵。

我对那座古老的石桥，有着深深的眷恋。它就像一位沉默的守护者，静静地伫立在汶河之上，用它的坚固与岁月对抗，保护着过往的行人。它就像一本厚重的历史书，每一块石头都记录着往昔的故事，让我每次走过都能感受到历史的韵味。它更像是一位老友，无论春夏秋冬，都默默地陪伴着我，让我感受到岁月的温暖与宁静。我对石桥的感情，如同对故乡的思念，深深烙印在我的心间。

古老的石桥，于我而言，仿佛是一位饱经风霜的长者。它的每一块石头都是岁月的痕迹，每一道裂痕都诉说着历史的沧桑。石桥屹立不倒，宛如一位坚韧的战士，守护着大汶河的宁静与美丽。

在清晨的阳光下，它轻轻地打了个哈欠，唤醒沉睡的大地；在黄昏的余晖中，它默默地凝视着远方，回味着一天的过往。当我走在桥上，我能感受到它的温暖怀抱，仿佛它正在用那坚实而温柔的手，轻轻地抚摸着我的心灵。

石桥不仅是连接两岸的纽带，更是连接我与过去的桥梁。它见证了我的成长与变化，也陪伴着我度过了无数的欢乐与忧伤。我对石桥的感情，如同对一位老友的思念，深深地扎根在我的心中。

当我凝视着那座古老的石桥，我的心中涌起一股深深的情感。那石桥，不仅是一处历史的见证，更是一段岁月的记忆；不仅是一座跨越河流的建筑，更是一份情感的寄托；不仅是一段历史的沉淀，更是一种文化的传承。我对它怀有敬仰之情，因为它见证了无数岁月的流转；我对它怀有感激之情，因为它承载着无数人的回忆；我对它怀有热爱之情，因为它诠释着历史的厚重与文化的深沉。石桥啊，你是我心中永恒的风景，是我情感深处最真挚的赞歌。

大汶口遗址博物馆位于山东省泰安市岱岳区大汶口镇的大汶口考古遗址公园内，是一座集展示、研究、教育于一体的专题性博物馆。

位置与背景：

博物馆坐落于大汶口考古遗址公园内，紧邻 104 国道，交通便利。

大汶口遗址是约 6100—4600 年前的新石器时代晚期父系氏族遗址，大汶口遗址博物馆的设立旨在展示和传承这一重要历史时期的文化遗产。

建筑布局：

博物馆建筑面积 2600 平方米，其中展陈面积达到 2100 平方米。

博物馆在色调搭配、素材选用、展项设置、氛围营造等方面都充分体现了考古与遗址的元素，突出"考古遗址"的特色。

展出内容：

博物馆以"海岱曙光"为主题，从发现、探索、守护、仰望四个层面，系统性地展示了大汶口的发掘历史和大汶口文化。

展出的文物共 200 余件，包括各类石器、玉器、陶罐等，以及出土骸骨的现场还原，生动地再现了大汶口人日出而作、载歌载舞等生产生活和社会习俗。

通过图文、场景复原、多媒体等多种手段，介绍了遗址的

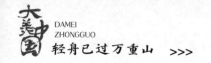

发掘成果和历史价值，让观众能够深入了解大汶口文化的内涵和特色。

博物馆提供了丰富的教育和互动项目，让观众在参观的同时能够深入学习和体验大汶口文化的魅力。

大汶口遗址博物馆的设立不仅为公众提供了一个了解和研究大汶口文化的窗口，也为传承和弘扬中华优秀传统文化做出了重要贡献。

剑门关

　　川蜀之地，多奇山异水，然剑门关独以其险峻称绝。广元剑阁，河东街 64 号，隐匿于尘世繁华之外，剑门关如古之侠者，身披青衫，持剑而立，静候天下英豪。

　　剑门关，名副其实，大剑山中断，峭壁千仞，直插云霄。两壁相对，若剑之双刃，锋利无比，其状若门，故曰"剑门"。仰望之，峰峦叠嶂，倚天如剑，令人胆寒心颤。然其雄姿，又使人豪情万丈，欲挥毫泼墨，一抒胸臆。

　　风景区之内，剑门关与翠云廊相依相偎，总规划面积 84 平方千米，犹如一幅巨大的山水画卷，徐徐展开。翠云廊中，古木参天，绿意盎然，仿佛时光在这里凝固，岁月静好。而剑门关则以其险峻之势，傲立于翠云廊之侧，成为这幅画卷的点睛之笔。

　　剑门关风景区是国家 AAAAA 级旅游景区，国家级风景名胜区，全国重点文物保护单位，国家森林公园，国家自然与文化双遗产，全国 100 个红色经典旅游景区之一。中国知名旅游目的地，国家文化产业示范基地，全国爱国主义教育基地，四川省自然保护区，四川省地质公园，《中国国家地理》四川最美 100 个拍摄点之一，已被列入中国世界文化遗产预备名单。景区内，景点繁多，观赏之处不胜枚举。其中，玻璃景观平台最为引人注目。立于其上，仿佛悬空于万丈深渊之上，脚下云雾缭绕，令人心潮澎湃。远望群山，连绵起伏，如巨龙蜿蜒，蔚为壮观。

蜀道行

初至剑门关，便被那壁上题写的《蜀道难》所震撼。诗中的意境与眼前的景象交相辉映，仿佛穿越了千年的时空，与诗仙李白并肩漫步于这蜿蜒的蜀道之上。

沿着那石梯小道，我踏上了上山之路。小道并不宽敞，却也别有一番风味。一段缓坡，一段石阶，仿佛是大自然的精心安排，让行人在攀登中体验不同的节奏与韵律。

周边是郁郁葱葱的树木，宛如一片绿色的海洋。阳光透过树叶的缝隙，斑驳地洒在地面上，形成一幅幅光影交错的画卷。藤蔓缠绕在树干之间，增添了几分野趣。虫鸣在耳边响起，伴随着微风和树叶的沙沙声，仿佛是大自然奏响的一首交响曲。

走走歇歇，一路上欣赏着美景，不知不觉已花了两个小时。终于来到了仙女廊，这里是剑门关的知名景点。仙女廊宛如一条长廊，悬挂在峭壁之上，让人不禁感叹大自然的鬼斧神工。

若是不愿再步行，可以选择乘坐 1 号索道，直达仙女廊。站在索道上，俯瞰下方的山峦和树木，仿佛置身于云端之上，让人心旷神怡。

在仙女廊，我体验了剑门关的两大险峻景点：鸟道和猿猱道。鸟道蜿蜒曲折，犹如一条细线悬挂在峭壁之上，行走其间，仿佛行走在云端，让人心惊胆战。猿猱道则更加险峻，需要攀爬峭壁，借助绳索和岩石才能前行。走在这条道上，我不禁想起了李白的诗句："西当太白有鸟道，可以横绝峨眉巅。""黄鹤之飞尚不得过，猿猱欲度愁攀援。"这两句诗真切地描绘了大剑山的陡峭奇险，让人对这里的自然景观更加敬畏。

漫步于剑门关风景区，仿佛置身于历史的长河之中。这里曾是三国时期的重要战场，无数英雄豪杰曾在此挥洒热血，书写传奇。如今，虽已物是人非，但那份豪情壮志，仍能让人心潮澎湃。

剑门关，自古以来便是文人墨客笔下的险峻之地，唐代大诗人李白一句"剑阁峥嵘而崔嵬，一夫当关，万夫莫开"，更是将其推向了历史的巅峰。这里，集蜀道文化、三国文化、战争文化与红色文化于一身，每一块石头都似乎在诉说着千年的故事。

剑门关景区，位于四川盆地北部边缘的断褶带，是龙门山脉剑门山的一部分。站在关口，放眼望去，只见群山环绕，层峦叠嶂，仿佛一幅巨大的水墨画卷在眼前徐徐展开。这里的岩石，是亿万年前地质运动的产物，它们见证了地球的沧桑巨变。

剑门砾岩，这种由巨厚块关紫灰色砾岩和紫灰色泥岩石层组成的特殊地层，构成了剑门山独特的自然景观。从上至下，砾岩层次由多变少，砾径由大变小，砾泥岩逐渐增多，形成了独特的岩层结构。这种结构使得剑门山在地质上显得尤为奇特，同时也为剑门关的险峻增添了更多的神秘色彩。

岩层向东南呈不均匀倾斜的单斜构造，北坡陡峭，南坡渐缓。这种地形特点，使得剑门山成为一个天然的屏障，易守难攻。历史上，这里曾发生过无数的战争，也见证了无数英雄豪杰的壮烈事迹。

除了地质上的奇特，剑门山还有着丰富的水资源。发源于此的西河、闻溪河、大小剑溪等河流，宛如一条条银色的丝带，在山间蜿蜒流淌。这些河流不仅为当地的生态环境带来了生机，也为游客提供了清凉的避暑之地。

漫步在剑门关的栈道上，仿佛穿越到了古代。每一步都踏在历史的遗迹上，每一景都蕴含着深厚的文化底蕴。这里的一草一木、一石一水，都仿佛在诉说着千年的故事，让人不禁沉醉其中。

剑门关，这个集自然美景与人文历史于一体的地方，让人流连忘返。在这里，我们可以感受到大自然的鬼斧神工，也可以领略到人类文明的智慧与力量。这是一次难忘的旅行，也是一次心灵的洗礼。

剑门关，你是一首诗，镌刻在青山绿水之间；你是一幅画，描绘着历史的沧桑与辉煌。你以你的险峻与壮丽，吸引着无数游客前来探访，感受你的魅力与风采。

剑门关，那巍峨的山峦，那险峻的关隘，仿佛都在诉说着一个古老而又永恒的故事。剑门关，你是我心中的英雄，我将永远铭记你的风采与魅力。

剑门栈道，如一条巨龙蜿蜒于峭壁之上，依山傍势，凌空架木。踏足其上，仿佛置身于天地之间，与云雾为伴，与风为舞。

清晨，阳光初照，剑门栈道在阳光的照耀下显得古朴而神秘。沿着栈道缓缓前行，脚下是千年古木，身旁是陡峭的崖壁。那崖壁之上，仿佛可以看到历史的痕迹，岁月的沧桑。

栈道悬空而建，每一步都需小心翼翼。然而，正是这份小心翼翼，让人更加珍惜眼前的风景。低头望去，峡谷深邃，流水潺潺，仿佛是大自然的乐章，在耳边轻轻响起。抬头仰望，山峦叠

嶂，云雾缭绕，仿佛置身于仙境之中。

栈道两旁，草木葱茏，花香扑鼻。偶尔，一阵微风吹过，树叶摇曳生姿，仿佛在向过往的行人致意。这时，你会感到一种从未有过的宁静和安详，仿佛与世隔绝，只与大自然相伴。

行走在栈道上，仿佛可以听到历史的回声。那些曾经在此挥剑的勇士，那些曾经在此吟诗的文人，他们的身影仿佛就在眼前。你可以感受到他们的豪情壮志，也可以感受到他们的柔情似水。

剑门栈道，不仅是一条连接两地的通道，更是一条连接古今的纽带。它见证了历史的变迁，也见证了人性的光辉。每一次行走在这里，都会让人心生敬畏，也会让人倍感珍惜。

夕阳西下，我依依不舍地离开了剑门栈道。回首望去，那依山傍势、凌空架木的栈道仿佛与天地融为一体，成为一幅永恒的

画卷。我知道，无论时光如何流转，这份美丽和宁静都将永远留在我的心中。

剑门关之东，有一座山，名曰"姜维城"，亦唤作"营盘嘴"。此山虽非崇山峻岭，却因其历史地位之重要，而名垂青史。营盘嘴地势险要，自古便是兵家必争之地，扼守着剑门关的咽喉。

山巅之上，地势较为开阔，荆棘灌木丛生，茂密如林。这天然的掩蔽工事，仿佛是大自然特意为守护这片土地而准备的。遥想当年，三国蜀汉大将军姜维，便是在此安营扎寨，抵御魏将钟会的大军。

那时，姜维城三面据险，北临剑门峭壁，壁立千仞，直插云霄；西绝剑门关隘口，关口狭窄，一夫当关，万夫莫开；东止后关门隘，虽不如前两者险峻，却也是易守难攻之地。唯有南面，连接着剑门场，是姜维城唯一的出入口，也是数万兵马驻扎的所在。

姜维，这位蜀汉的忠诚将领，以其卓越的军事才能和坚定的

176

信念，在这里筑起了坚固的防线。他利用地形之利，布下重重防线，使得魏军久攻不下。每当风起云涌之时，那漫山的荆棘灌木仿佛都在低语，诉说着那段英勇的历史。

如今，岁月流转，姜维城依旧屹立在剑门关之东。那曾经的烽火硝烟早已散去，但那段历史却永远铭刻在每一个中华儿女的心中。每当人们登上姜维城之巅，俯瞰那连绵起伏的山峦和蜿蜒曲折的栈道时，心中总会涌起一股莫名的感慨。

姜维城，不仅仅是一座山，更是一个时代的象征。它见证了蜀汉的兴衰荣辱，也见证了中华民族不屈不挠的精神。在这里，我们仿佛能够听到历史的回声，感受到那曾经的热血与激情。

让我们铭记这段历史，传承这种精神。无论时代如何变迁，我们都要像姜维一样，坚守自己的信仰和理想，为中华民族的伟大复兴而努力奋斗。

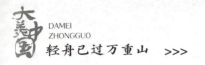
翠云廊：古道的绿色史诗

　　翠云廊，这绿色的史诗，静静地铺陈在蜀地的大地上，诉说着千年的沧桑与传奇。它不仅仅是一条道路，更是时间的见证者，历史的记录者，生命的传承者。

　　走进翠云廊，仿佛走进了一个绿色的梦境。参天古柏高擎翠盖，老干苍枝，犹如龙爪拿云，向着天空尽情地伸展。它们或矗立路旁，或掩映山间，或环绕水畔，为这条古老的蜀道增添了一抹浓重的绿色。

　　这些古柏，有的挺拔如松，有的虬枝如龙，有的枝叶繁茂，有的枝干苍劲。它们历经风霜雨雪，却依然郁郁葱葱，生机勃勃。它们见证了无数行人的来来往往，也见证了历史的兴衰更迭。

　　据统计，151千米的翠云廊上共有古树12351株，古蜀道上最

大、最有名的古柏都在这里。它们像是一位位历史的守望者，默默地守护着这片古老的土地，也守护着那些被时光遗忘的故事。

漫步在翠云廊上，仿佛能听到古柏的低语，它们在诉说着过往的辉煌与荣耀。那一片片翠绿的叶子在阳光下闪烁着光芒，仿佛在诉说着生命的顽强与坚韧。

翠云廊，这个被誉为"世界第一古道""陆上交通活化石"的地方，不仅仅是一条道路，更是一部活生生的历史。它见证了中华民族的崛起与繁荣，也见证了无数先人的智慧与汗水。

在这里，我们可以感受到大自然的神奇与美丽，也可以感受到历史的厚重与深邃。让我们珍惜这片绿色的瑰宝，传承这份历史的记忆，让翠云廊的传奇故事永远流传下去。

在剑门关的旅行中，我不仅领略了大自然的壮美风光，更感受到了古人对自然的敬畏和赞美。这是一次难忘的旅程，让我对生命和自然有了更深的感悟。

趁雪下得正昂扬，来一次冰雪辽缘

一场雪，使一个寒冷的冬天热闹起来。一场雪，把一个冬天唤醒了，把温暖唤醒了，把我们的幸福唤醒了。

在冬日的大雪里，寂静的冬生动起来，

哈尔滨，别称冰城，"哈尔滨"源于女真语"哈尔温"，意为"天鹅"，是黑龙江省省会，位于黑龙江省南部，地处东北亚中心位置，被誉为"欧亚大陆桥的明珠"，素有"东方莫斯科"和"东方小巴黎"之称。冰期较长，有"冰城"之称。

哈尔滨是国家历史文化名城，是"一国两朝"即金、清两代王朝发祥地，金朝第一座都城就坐落于阿城，清朝肇祖猛哥帖木儿出生在依兰，金源文化由此遍布东北，发扬全国。

哈尔滨的冰雪奇缘。北方的冬天，总是那么与众不同。当2023年的冬天悄然落幕，回首那片被白雪覆盖的大地，哈尔滨无疑是其中最璀璨的一颗明珠。这座城市，以她独特的魅力，在寒冷的季节里绽放着别样的光彩，成了无数人心中的向往之地。

冷，在哈尔滨，不仅是一种天气现象，更是一种资源。这种冷，不同于南方的湿冷，它带着一种干爽和凛冽，让人在呼吸间都能感受到冰雪的纯净与力量。正是这样的冷，孕育出了哈尔滨独特的冰雪文化，吸引了无数游客前来体验。

在中国这片广袤的土地上，虽然幅员辽阔，但真正能开发冰雪旅游的地方并不多。东北地区、京津冀和新疆，是其中最为突出的几个。而哈尔滨，无疑是东北地区冰雪旅游的佼佼者。这里的雪，宛如仙境中的精灵，轻盈而纯洁，将整个城市装点得如梦如幻。

走进哈尔滨的冰雪大世界，仿佛置身于一个异世界幻境。巨大的冰雕、雪塑，形态各异，栩栩如生。每一个细节都经过匠人的精心雕琢，散发出耀眼的光芒。那些晶莹剔透的冰灯，在夜幕下散发出迷人的光彩，让人流连忘返。

对于南方的小土豆们来说，这样的景象无疑是难以言喻的吸引力。他们或许早已厌倦了南方的潮湿与闷热，渴望在冬天里感受一次真正的寒冷。而哈尔滨，正是他们心中的理想之地。在这里，他们可以尽情地打雪仗、堆雪人、滑雪、滑冰，享受冰雪带来的无尽乐趣。

除了冰雪大世界，哈尔滨还有许多值得一游的地方。中央大街的欧式建筑、松花江畔的冰雪嘉年华、太阳岛的雪博会……每一处都散发着独特的魅力，让人沉醉其中。而哈尔滨的美食更是让人难以忘怀。红肠、大列巴、格瓦斯……这些美食不仅味道独特，更融入了哈尔滨的文化底蕴，让人在品尝中感受到这座城市的独特魅力。

哈尔滨的冬天，是一个充满魔力的季节。她以她独特的魅力，吸引着无数游客前来体验。在这里，人们可以感受到冰雪的纯净与力量，也可以品味到这座城市的独特韵味。而这一切，都

让人对哈尔滨的冬天充满了无尽的向往与期待。

在冰雪大世界里，除了震撼人心的巨型冰雕和雪塑，还有流光溢彩的冰滑梯、刺激的冰雪滑道，以及富有创意的冰雪城堡和迷宫，每一处都散发着浓厚的冰雪文化气息，让人仿佛置身于一个晶莹剔透的冰雪童话世界。

在哈尔滨的心脏地带——松北区，坐落着一处令世人瞩目的冰雪奇境——哈尔滨冰雪大世界。这里，是冰与雪的王国，是艺术与创意的殿堂。

自1999年诞生以来，哈尔滨冰雪大世界便以其独特的魅力，吸引着无数游客的目光。2024年1月5日，这个冰雪乐园更是迎来了历史性的一刻——她被认定为世界最大冰雪主题乐园，获得了吉尼斯世界纪录的殊荣。那一刻，她以81.66万平方米的庞大身躯，向世人展示了冰城的无限魅力。

第二十五届哈尔滨冰雪大世界，于 2023 年 12 月 18 日盛装开园。她以"龙腾冰雪 逐梦亚冬"为主题，将 2025 年哈尔滨亚冬会与龙江地域文化、冰雪文化巧妙结合，创作出一幅幅令人叹为观止的冰雪画卷。走进园区，仿佛置身于一个晶莹剔透的冰雪童话世界，每一处都散发着浓厚的艺术气息。

园区的主塔"冰雪之冠"，更是成了冰城的新地标。她高达 43 米，相当于 14 层楼的高度，用冰量达到了惊人的 1.3 万立方米。这座气势恢宏的冰建筑，在灯光的映衬下，闪烁着耀眼的光芒，让人不禁为之惊叹。她不仅刷新了哈尔滨冰雪大世界的纪录，更成为游客们争相合影留念的热门景点。

在哈尔滨冰雪大世界里，你可以尽情地欣赏到各种形态各异的冰雕和雪塑。它们或婀娜多姿，或威武雄壮，或灵动飘逸，或憨态可掬。每一个作品都凝聚着匠人们的心血和智慧，让人在欣赏中感受到冰雪艺术的无穷魅力。

　　此外，园区内还设有各种冰雪娱乐项目，如冰滑梯、冰雪滑道、雪地摩托等。这些项目不仅让游客们感受到了冰雪带来的刺激与乐趣，更让他们在欢声笑语中度过了一个难忘的冬日时光。

　　夜幕降临，哈尔滨冰雪大世界变得更加璀璨夺目。五彩斑斓的灯光与晶莹剔透的冰雕交相辉映，形成了一幅幅如梦如幻的画面。游客们纷纷拿出手机或相机，记录下这难得的美景，留下了永恒的回忆。

　　哈尔滨冰雪大世界，是冰城的骄傲，也是游客们的天堂。在这里，你可以感受到冰雪的纯净与美好，也可以领略到艺术与创意的无限可能。让我们一同期待下一个冬季的到来，再次开启这场奇幻的冰雪之旅。

哈冰秀：一场跨越国界的冰雪盛宴

　　在遥远的东北，有一座城市，每当冬季来临，她便披上了银装素裹的华服，那便是哈尔滨。而在这座城市的某个角落，一场名为"哈冰秀"的演出，正以其独特的魅力，吸引着来自世界各地的目光。

　　"哈冰秀"，这个名字仿佛蕴含着一种奇妙的魔力，让人一听便心生向往。它不仅仅是一场普通的演出，更是哈尔滨这座城市最具特色、最具国际水准的顶级表演。本届"哈冰秀"的主题为"辉煌盛宴"，寓意着这是一场汇集了各种顶尖艺术形式的视觉盛宴。

　　走进剧院，灯光昏暗，舞台上一片寂静。随着音乐的响起，灯光渐渐亮起，一群身着华丽服饰的演员开始在舞台上翩翩起舞。他们来自俄罗斯、美国、白俄罗斯等12个不同的国家，每个人都拥有着高超的艺术造诣和独特的表演风格。

其中，最引人注目的要数那些来自俄罗斯的金牌花滑演员了。他们在冰面上翩翩起舞，身姿矫健，动作优雅。时而快速旋转，时而轻盈跳跃，每一次跳跃和旋转都仿佛在诉说着一个动人的故事。他们的表演不仅展示了花滑运动的魅力，更将观众带入了一个充满梦幻与浪漫的冰雪世界。

除了花滑表演，蒙特卡洛国际马戏节金奖杂技艺术家的高空酷炫杂技秀也令人叹为观止。他们在空中翻腾、跳跃、旋转，每一个动作都精准无误，令人惊叹不已。他们的表演不仅展示了杂技艺术的魅力，更将观众带入了一个充满刺激与惊险的奇妙世界。

在"哈冰秀"的舞台上，不同的艺术形式相互交融，共同呈

现出一场精彩绝伦的演出。观众们仿佛置身于一个跨越国界的冰雪世界，感受着不同文化带来的冲击与震撼。

演出结束后，观众们纷纷起立鼓掌，为演员们的精彩表演喝彩。他们走出剧院时，脸上都洋溢着满足和幸福的笑容。这场"哈冰秀"不仅让他们感受到了冰雪艺术的魅力，更让他们领略到了不同文化之间的交流与融合。

"哈冰秀"，这场跨越国界的冰雪盛宴，以其独特的魅力和精湛的表演，成为哈尔滨这座城市的一张亮丽名片。它让人们看到了冰雪艺术的无限可能，也让人们感受到了不同文化之间的和谐与包容。在未来的日子里，相信"哈冰秀"将继续为观众们带来更多精彩纷呈的演出，成为哈尔滨这座城市不可或缺的一部分。

漫步中央大街：历史的回响与现代的交响

在松花江南岸，隐匿着一条承载着哈尔滨历史与文化的长街——中央大街。它如一条优雅的丝带，横贯道里区，北起防洪纪念塔，南至经纬街，终点则与圣·索菲亚大教堂遥相呼应。这条街，不仅是哈尔滨的心脏，更是连接历史与现代的桥梁。

走进中央大街，仿佛置身于一个欧式的建筑博物馆。全街65栋欧式及仿欧式建筑，每一栋都承载着不同的历史与文化。文艺复兴的庄重、巴洛克的华丽、折中主义的独特，以及现代风格的简约，都在这里得到了完美的展现。这些建筑不仅是艺术的瑰宝，更是历史的见证。

而中央大街最具特色的，莫过于那由方石铺成的路面。马路方石路宽 10.8 米，每一块石头都仿佛诉说着岁月的故事。这些石头，是历史的见证者，也是时光的见证人。它们见证了中央大街从一片荒凉到繁华的变迁，也见证了哈尔滨这座城市的发展与壮大。

中央大街的旧称"中国大街"，更是承载着一段深厚的历史。1898 年，哈尔滨开始大规模地修筑铁路和城市建设，原沿江地段是一片荒凉低洼的草甸子。运送铁路器材的马车在泥泞中开出一条土道，于是中东铁路工程局将沿江荒地拨给散居哈尔滨的中国人。随着时间的推移，这里逐渐形成了"中国大街"，意为中国人住的大街。而俄国工程师科姆特拉肖克在 1924 年 5 月设计、监工，更为中央大街增添了独特的魅力。他为这条街铺上了方石，使得中央大街不仅具有了历史的厚重感，更有了现代的时尚感。

1928 年 7 月，"中国大街"正式改称"中央大街"。从此，这条街便成了哈尔滨著名的商业街。漫步在这里，你可以感受到历史的回响与现代的交响。街边的商铺琳琅满目，各种商品应有尽有。从传统的东北特产到现代的时尚品牌，从地道的东北小吃到各国的美食佳肴，都能在这里找到。而街上的行人络绎不绝，他们或悠闲地散步，或匆忙地赶路，或驻足欣赏街景，或品味美食。每一个人都在用自己的方式感受着这条街的魅力。

中央大街不仅是一条商业街，更是一个文化的聚集地。这里有着各种文化活动和艺术展览，吸引着来自世界各地的游客和艺术家。在这里，你可以感受到东西方文化的碰撞与融合，也可以领略到哈尔滨独特的城市魅力。

漫步在中央大街上，仿佛穿越了时空的隧道。你可以在这里感受到历史的厚重与现代的活力，也可以在这里领略到中西文化的交融与碰撞。这是一条充满魅力的长街，也是哈尔滨这座城市的一张名片。

在哈尔滨的冬季，雪花如同缤纷的花瓣，轻盈地飘落，将大地装扮成一片洁白。这洁白的雪，是生命的象征，也是冬日的魔法。每当雪花飘落，仿佛是大自然在播撒着冬日的魔法，让整个世界变得安静而又神秘。

在哈尔滨的冬天，雪是不可或缺的主角。它轻轻地覆盖在大地上，为每一寸土地披上一层洁白的纱衣。无论是城市的高楼大厦，还是乡村的田野小径，都被雪花温柔地拥抱，沉浸在这片洁白的世界中。

每当节日来临，哈尔滨的冰雪奇缘更是热闹非凡。漫天的焰火在夜空中绽放，五彩斑斓，照亮了整个天空。这些焰火像是春天的使者，带来了欢乐和希望，让人们在寒冷的冬日里感受到了温暖和幸福。

在这片雪的世界里，哈尔滨展现出了它的独特魅力。这里的人们热情好客，冰雪运动丰富多彩。无论是滑雪、溜冰还是雪雕，都充满了浓厚的地域特色和民族风情。

哈尔滨的冰雪奇缘，不仅仅是一个季节的风景，更是一种生活的态度和文化的传承。在这里，雪不仅仅是一种自然现象，更是一种精神的象征。它代表着纯洁、高雅和坚韧，也寄托着人们对美好生活的向往和追求。

让我们在这个冬日里，一起走进哈尔滨的冰雪奇缘，感受这片土地的独特魅力和精神内涵。让洁白的雪花洗净心灵的尘埃，让五彩的焰火点亮生活的色彩。在哈尔滨的冰雪奇缘中，我们找到了生活的美好和希望的力量。

一朵雪花有一朵雪花的风骨，一朵雪花有一朵雪花的风韵。在这漫天遍野的雪地里，你的心怦然心动起来，那是一种和心跳同一频率的节奏。此时，你的心跳和这里的山、这里的雪、这里大自然流淌的旋律、这里的一切同一频率地一起跳动。

没有雪的冬天，就像没有花的春天。雪，是冬天盛开的花。雪们，给了我们一个童话世界。雪们，领着我们走进美丽。那漫天飞舞的花朵，那漫天飞舞的翅膀，使得冬天生动起来，使得冬天鲜活起来。雪花，是很让人心疼的。雪，你冷吗？把一朵雪花捧在掌心，我看到的是一滴晶莹的泪滴。雪，冬天的天使。给冬天带来微笑，给冬天带来美丽。雪，使冬天生动起来。雪，是冬天的花朵。有一种花开在严寒中；有一种花选择最纯净的颜色；有一种花是天使的翅膀；有一种花是天使的呼吸，飘飘洒洒，纷纷扬扬。雪，给了冬天最美的风景。雪，让冬天鲜活起来。雪来自冬天，告诉我说，春天就在她的身后。

我在心底，我把你油画般的风景在我心底收藏。

这是你梦到的地方，这是生长梦的地方。

一个绚丽多彩的梦境世界

在那广袤无垠的大海深处，隐藏着一个充满神秘与奇幻的世界。在那里，生活着一种拥有发光器官的深水鱼，它们在黑暗中闪烁着迷人的光芒，仿佛是海洋中的星星。看啊！它们在水中自由自在地游弋，仿佛在演绎一场优美的舞蹈。而在这片海洋的角落里，一只懒洋洋的海星正躺在柔软的海底沙床上，享受着悠闲的午后时光。它的身体呈现出五彩斑斓的颜色，让人不禁想起一幅生动的油画。与此同时，那珊瑚丛中，造型奇特的珊瑚在轻轻地摇曳着，它们的枝丫上长满了各种色彩斑斓的海洋植物。这些植物的颜色丰富多彩，宛如一个巨大的调色盘，为这片海底世界增添了无尽的生机与活力。

联合国于第63届联合国大会上将每年的6月8日定为"世界海洋日"。在三年级语文（下）第23课《海底世界》有这样一段描述：海里的动物，各有各的活动方法。海参靠肌肉伸缩爬行，每小时只能前进四米。有一种鱼身体像梭子，每小时能游几十千米，攻击其他动物的时候，比普通的火车还快。乌贼和章鱼能突然向前方喷水，利用水的反推力迅速后退。还有些贝类自己不动，却能巴在轮船底下作免费的长途旅行。《海底世界》这篇课文通过生动有趣的语言介绍了海底奇异的景色和丰富的物产。

课文从海底的光线、海底的声音、海底动物的行动和迁徙、海底地貌和植物、海底矿藏等几个方面，介绍了"景色奇异、物产丰富的世界"——海底世界。

这是一个多么迷人的海底世界啊！它等待着我们去探索、去发现。让我们一起潜入大海的怀抱，去揭开那些深藏于海底的奥秘，感受大自然的神奇魅力吧！

海底是一个怎样的世界呢？看啊，从远处悠悠游来一只小海龟，它那圆圆的壳和明亮的眼睛在阳光下闪闪发光。它浮出水面，向我们提出了一个问题："海底是一个怎样的世界呢？"

海底是一个神秘的世界，充满了无尽的奥秘和美丽。那里有五光十色的珊瑚，摇曳着美丽的舞姿；还有各种各样的鱼儿，在珊瑚间穿梭，像是在进行一场盛大的游行。海草随着水流摇摆，像是在为这场游行伴奏。海底还有巨大的章鱼、憨厚可爱的海龟和无数的贝类生物。

但是，海底世界并不都是美丽的。它也有黑暗、寒冷和危险。不过，正是这些挑战和未知，让海底世界更加迷人。它激发了我们的好奇心，驱使我们去探索、去发现。

所以，小海龟，海底世界是神秘而又美丽的，它是一个景色奇异、物产丰富的世界。它有着无尽的奥秘和挑战，等待着我们去一一揭开。那么，你准备好开始你的海底探险了吗？

中国十大海底世界有：

1.厦门海底世界

你知道吗？厦门海底世界可是个藏龙卧虎的地方！这里汇聚了来自各大洲、各大洋的350多种鱼类，总数量超过一万尾！而

191

且它就坐落在美丽的鼓浪屿上，地理位置得天独厚，交通超级方便。如果你从鼓浪屿轮渡码头出发，走几步就能到达这个神秘的海底世界。别看它只是一个小小的公园，里面的景色可是美不胜收，让人流连忘返哦！

2. 亚龙湾海底世界

亚龙湾海底世界，位于海南三亚的亚龙湾度假胜地，不仅拥有中国最美的海湾和沙滩，更藏有世界级的海底奇观！这里的海域里，软珊瑚族群庞大且完整，硬珊瑚和热带鱼更是五彩斑斓。潜水爱好者们，这里就是你们的乐园！无论是半潜观光还是美人礁水肺潜水，都能让你与海洋生物亲密接触。更有海底漫步、深海潜水摩托、香蕉船、拖曳伞、徒手潜水等水上活动等你来挑战！玻璃观光船、快艇观光、摩托艇、冲浪飞车、沙滩，让你一次玩个够！亚龙湾海底世界，是你探索海洋、释放激情的最佳之地！

3. 太平洋汉海海底世界博览馆

太平洋海底世界，那个坐落在北京中央广播电视塔下，由中国和新加坡联手打造的神秘仙境，建筑面积达 8000 多平方米哦！你知道吗？在企鹅馆里，你能见到世界濒危保护动物——虹氏环企鹅，它们可是这里的明星呢！

走进海底隧道，仿佛置身于神秘的海底世界，数百种海洋生物在你身边游过，仿佛你就是那自由自在的潜水员！嘿，在电脑教室里，你可以亲手操作电脑，深入了解那些海洋生物的知识，绝对让你大开眼界！

哦！对了，还有精彩的表演等着你呢！人鲨共舞表演展现了鲨鱼等海洋生物惊险刺激的捕食场面，海豹表演和动感影院更是让你目不暇接。对了对了，还有潜水装备知识的表演和讲解，让

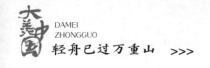
你一次玩转海洋！

你知道吗？太平洋汉海海底世界早在 1998 年 10 月就被中国海洋学会授予"北京海洋科普教育基地"，可见它的魅力有多大！所以啊，下次来北京可别忘了来这里探秘一番哦！

4. 圣亚海洋世界

嘿，小伙伴们！你们想不想探索一个神秘又充满奇幻色彩的地方？那就跟我一起去大连的圣亚海洋世界吧！这里位于星海广场西侧，就在星海公园里面，旁边还有游艇码头，交通超方便的！

这里可是有五大场馆等着你去探索呢：圣亚海洋世界、圣亚极地世界、圣亚深海传奇、圣亚珊瑚世界和圣亚恐龙传奇。每个场馆都有它独特的魅力，让你一次满足所有好奇心！而且，整个圣亚海洋世界的面积超过 5 万平方米哦！

最震撼的来了！圣亚海洋世界就坐落在大连市的星海湾旅游区内，是中国内地、新西兰和中国香港联合投资近一亿元人民币建成的海底通道式水族馆。这里有亚洲最长 118 米的海底透明通道，绝对会让你有种身临其境的感觉！想象一下，你坐在缓缓前行的海底列车（水平步道）上，四周都是透明的拱形通道，仿佛自己就在神奇迷离的海底世界中！

怎么样？是不是已经迫不及待想要来一场奇幻的海底之旅了？那就赶紧收拾行囊，带上你的小伙伴们，一起来圣亚海洋世界探险吧！

5. 香港海洋公园

6. 上海海洋水族馆

嘿！上海海洋水族馆，坐落于中国的繁华都市上海浦东新区陆家嘴环路 1388 号，和东方明珠塔近在咫尺！这不是普通的海洋馆，而是由新加坡的星雅集团和中国保利集团联手打造的，投资高达 5500 万美元，建筑面积达到 20500 平方米的宏伟建筑。更厉害的是，它还被国家及上海市授予了"科普教育基地"的光荣称号！这个海洋馆不仅外观独特，内里更有中国长江流域特色的生物、生态展区，简直就像一个真实的海底世界！不仅如此，它还是世界上最大的人造海水水族馆之一，让人叹为观止！

7. 新澳海底世界

8. 青岛海底世界

青岛海底世界，位于汇泉湾畔，紧邻鲁迅公园、第一海水浴场和五四广场哦！这里把水族馆、标本馆、淡水鱼馆都集合啦，再配上山海美景，简直是太美妙啦！地理位置超特别，展示手段很现代化，还和其他馆互补，所以是全国独一无二的海洋生态乐园。在栈桥和八大关之间，是黄金旅游海岸线上的标志性景区，代表了青岛"红瓦绿树、碧海蓝天"的美景，真是经典中的经典！

9. 长沙海底世界

10. 杭州长乔极地海洋公园

为什么最大的风浪也只能影响到海面以下几十米深？为什么阳光很难射进深海？

这是因为地球的大气层和海洋之间存在一种相互作用，导致风浪主要影响海面以下较浅的区域。

首先，风浪主要是由大气中的风引起的，而风的影响深度有限，一般只在海面以下几十米深的范围内。在这个深度以下，由于海水密度、温度和压力等因素的变化，风的影响逐渐减弱。

其次，阳光很难射进深海，是因为随着海水深度的增加，海

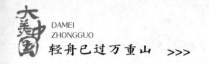

水的透光能力逐渐减弱。此外，深海中的浮游生物和颗粒物也会遮挡阳光，进一步降低阳光的透射深度。

因此，由于风的影响深度有限，以及阳光透射深度的限制，导致最大的风浪也只能影响到海面以下几十米深的区域，而阳光很难射进深海。

当海面上波涛澎湃的时候，海底依然很宁静。在浩瀚的大海上，波涛澎湃，狂风怒号，巨浪翻滚，仿佛要将一切吞噬。然而，在这喧嚣之中，海底却是一片宁静的世界。海浪在深邃的海底化作温柔的抚摸，轻柔地拂过海底的沙砾和珊瑚。这里没有喧嚣，没有纷扰，只有宁静和安详。这种强烈的对比，反衬出海底的宁静，也说明了海的深邃和辽阔。在海的深处，隐藏着无数神秘的故事和宝藏，等待着勇敢者的探索和发现。

海参靠肌肉伸缩爬行，每小时只能前进 4 米，好慢啊！

在浩瀚的海洋中，生活着一种神秘的生物，它的身形犹如精致的梭子，流线型的身体在水中穿行时如同一道闪电。它的速度令人惊叹，每小时能游动几十千米，快得让人咋舌。而当它攻击其他动物时，那速度更是快得无法形容，犹如出膛的炮弹，瞬间就能让猎物措手不及。相比之下，普通的火车在它的速度面前显得慢吞吞。这种鱼的速度不仅令人生畏，更令人惊叹不已。

这家伙，竟然靠搭轮船顺风车免费长途旅行。有些贝类啊，它们可能不太擅长游泳，但旅行起来可有一套呢！它们不靠风，也不靠水流，直接粘在轮船底下，轻轻松松地就开始了它们的免费长途旅行。你说它们是不是很聪明？它们明白，搭上轮船这趟顺风车，就能轻松跨越那些遥远的海域，再大的风浪也别想吓倒它们，它们才不会感到累呢。就像那些懂得借力的人一样，他们才不会傻傻地硬撑呢，他们会利用周围的一切力量，轻轻松松地应对生活的挑战。而这些贝类呀，就是用它们自己的方式，告诉我们旅行的真谛——目的地并不重要，重要的是沿途的风景和你自己的心态。所以啊，下次你看到那些悠然自得的贝类，不妨微笑着想一想，生活的方式可不止一种哦，只要你愿意，哪里都是美景！

在深邃的黑暗中，44%的鱼类点亮了自己的生命。它们或明或暗，如星辰点点，在长夜里绽放独特的光辉。这些鱼儿，有的依赖身上附着的发光细菌，如带鱼和龙头鱼，它们在深海中翩翩起舞，像是穿着霓裳的仙子；有的则凭借自身的发光器官，例如烛光鱼，它的腹部和腹侧的发光器如同排排烛光，在海底摇曳生姿。

而那些生活在更遥远深海中的光头鱼，它的头部背面扁平，被一对大型发光器覆盖。这不仅为它提供了光照，更像是深海中

的一盏明灯，指引着同伴的方向。这些鱼类的发光，是一种独特的生物化学反应。就像一场奇妙的魔法秀，萤光素在萤光酶的催化下，释放出光子，形成了那璀璨的光芒。

这些鱼类的发光，不仅仅是美丽的展示，它们是生存的策略，是捕食的诱饵，是吸引异性的信号，也是种群间的秘密语言。这光，如烽火猎头般猎取食物和猎杀行动的成功。而那些寄生在鮟鱇鱼头部的发光细菌，更是增添了一抹神秘的色彩。

会发光的，还有鮟鱇鱼。鮟鱇鱼又名蛤蟆鱼、老头鱼、丑婆等。鮟鱇鱼体柔软，无鳞，头和身体的边缘，还有许多皮质突起的现象。它的胸鳍宽大，体前半部平扁，圆盘形，尾部比较细小、薄，体长 50 厘米以上。鮟鱇鱼头大，口宽，牙尖锐锋利，口内有黑白斑纹。背鳍最前 3 鳍棘分离，第一棘顶端有皮瓣，瓣内会寄生着一些发光的细菌哦！

在这个奇妙的海洋世界里，每一种鱼都有它独特的光芒。光脸鲷、龙头鱼、灯眼鱼……它们的名字就是一首首优美的诗篇，描绘出那深海之下的奇幻世界。而那些鲨鱼，虽不像其他鱼类那样光芒四溢，但它们却用另一种方式照亮海洋——让黑暗中的敌人胆寒。

有些鲨鱼也能发光。

鱼类发光的生物学意义有四点：一是诱捕食物，二是吸引异性，三是种群联系，四是迷惑敌人等，这与烽火猎头等大猎头猎取人才的道理有些类似，即使用各种方法取得猎杀行动的成功。

这就是海洋的秘密，充满了生命的奇迹与美丽。每一个生物都是这片蓝色星球上的星星，它们用自己的方式照亮了这个世界。让我们感叹大自然的神奇与美丽，也让我们更加珍惜和爱护这片神奇的海洋世界。

在深邃的海洋中，生活着许多奇特的生物，它们各自展现出令人惊叹的生存技巧。吸盘鱼，便是其中的佼佼者，它们凭借独特的吸盘，紧紧地附着在船底或其他大鱼、海兽的肚皮下，享受着免费的旅行。看它们悠闲自得的样子，仿佛在告诉世界："这就是生活，轻松自在的生活。"

水母，则是海洋中的舞者。它们的外壳在微风的吹拂下轻轻收缩，挤压出水流，仿佛在演奏一首无声的乐章。触手在水中轻轻摆动，如同舞者的裙摆，优雅而灵动。它们是海洋中的精灵，以最柔美的姿态诠释着生命的魅力。

而在深海中，那些鱼类则展现了别样的生存智慧。它们依靠鳍的摆动、身体的扭动以及鳃的喷水作用，灵活地在黑暗的深海中游弋。每一个动作，都充满了力量与美感的完美结合。深海鱼类，无疑是海洋中最具神秘色彩的一类。

这些生物，用各自的方式在海洋中生活、繁衍。它们是海洋的儿女，也是大自然最美好的馈赠。

优雅又机智的旅行家。

鱼，海洋中的轻盈舞者，身姿曼妙，如柳叶般纤细。它的皮肤光滑如丝，闪烁着淡淡的银光，仿佛披着一件闪烁的纱衣。这种小鱼，它的每一个动作都那么敏捷，每一次翻腾都那么灵动，仿佛在向世界展示它的自由与活力。

它有着一种奇特的习性，喜欢吸附在大型的鲨鱼、海龟、鲸的腹部或船底。人们因此赋予它一个浪漫的名字——"天生旅行家"。看，它那细长的身体，轻轻吸附在船底，就像一个优雅的舞者，紧紧依附着她的舞伴。在周游的过程中，它总能敏锐地察觉到饵料丰富的海区，或者那些大型鲨鱼捕食后留下的残食。这时，它会轻轻地离开它的"船"，去享受一顿美味的大餐。

吃完美食后，它又开始寻找新的"船"，继续它的旅程。即使在找不到"船"的时候，它也不会气馁，而是静静地吸附在附近的礁石上，让自己的细长尾巴随波漂动。那尾巴犹如海藻般摇曳，引诱着那些好奇心重的鱼儿靠近。一旦有良机出现，它便再次吸附在新"船"上，继续它的海洋之旅。

鱼在大海中乘"船"周游，真是一箭双雕。它不仅节省了自己的力气，还能靠着船只和鲨鱼等的威力免受敌害侵袭。这就是鱼，一个在大海中自由翱翔、优雅又机智的旅行家。

大海也会呼吸？

大海，那广袤无垠的蓝色领域，总会引发我们无尽的遐想。它真的会呼吸吗？是的，它的呼吸威严而磅礴，令人心生敬畏。当你站在海边，倾听着海浪的起伏，你会感受到大自然的神奇魔力。海浪一次又一次地冲向岸边，飞溅起朵朵浪花，仿佛是大海的微笑，灿烂而迷人。

然而，这微笑的背后隐藏着强大的力量。不久前，你曾站立的那片沙滩被海水浸没，沙滩和岸石消失得无影无踪。几小时后，海水又悄然退去，你曾留下脚印的地方重新显露出来。这种按时涨落的现象，就是大海的呼吸，它有节奏地涨落，日复一日，年复一年。它的名字叫"潮汐"。

在这永不停息的涨落之间，蕴藏着巨大的能量。就像在钱塘江入海口附近，曾有人放置了一个装满12吨重石块的铁丝笼，但在一次海潮后，它便消失得无影无踪。这不禁让人思考，我们能否驾驭这匹烈马般的潮汐呢？

答案是肯定的。人类已经用实际行动证明了这一点。早在20世纪，世界上第一座潮汐电站就已经建成。有人做过计算，如果我们将地球上的潮汐都利用起来，每年可以发电12400亿度，这相当于110座葛洲坝水电站一年的总发电量。

所以，大海的呼吸并不只是自然界的奇观，它更是大自然赐予我们的宝贵礼物。当我们领略它的壮美，惊叹于它的威力时，也应当思考如何更好地利用这份力量，与自然和谐共处，共同创造一个更加美好的未来。

一个黑暗、寒冷、高压的世界。

嘿，你知道吗？在那深不见底的海洋里，藏着一个神秘又危险的世界！那里的光线被海水无情地吞没，寒冷得就像一根根钢针刺进每一个角落。随着你越潜越深，那压力就像有个人拿着一个大锤不停地砸你！阳光、温暖？别想了，这里只有黑暗和寒冷！

想象一下，你在这片漆黑中游走，每一个细胞都好像在喊"太冷了，太重了"！水里的生物们，为了生存也是拼了，它们都有各种神奇的能力和长相。你看那个科幻作家笔下的海怪——大王乌贼，它的大身子和触手在深海中漂荡，好像在玩捉迷藏。还有那些奇特的鱼，它们的身体透明得像玻璃，内脏清晰可见，真像是大自然的神奇魔术！

甚至在海洋最底部，深达万米的地方，也有生命在顽强地挣扎！它们是那些脆弱却坚韧的海参。

你看，即使在这样的黑暗、寒冷、高压的世界里，生命依然绽放得如此美丽。它们在无边无际的海洋中寻找生存的方法，展现出生命的顽强和奇妙。或许正是这样的环境，才造就了这些奇

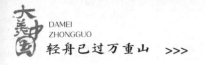

特的生物。它们让我们更加敬畏生命，感叹它们的奇妙与伟大！

深海探索，一场科学探险之旅。

深海，那片神秘又迷人的世界，千百年来一直吸引着无数勇敢的探险家。如今，科技的飞速发展，就如同魔法般地揭示了这片未知领域。想象一下，乘坐特制的潜水器，像探索者一样缓缓沉入那漆黑的海域，仿佛进入了另一个奇幻世界。

在深海的压力下，四周的生物展现出奇特的形态，仿佛是大自然的奇迹。它们在黑暗中闪闪发光，像是夜空中的星星。与此同时，无人潜水器就像深海中的精灵，在广阔的海域自由穿梭，收集着宝贵的数据，帮助人类揭示深海的秘密。

当然，深海生物和固体的收集也是不能忽视的研究内容。深海拖网和捕集器就像细致的捕手，悄然捕捉那些在黑暗中生活的生物，以及那些形态各异的固体物质。每一次的捕获，都可能成为科学家们深入研究的宝贵样本。

更进一步地，海底观测网就像繁密的神经网络，将深海的每一个细微变化传递到岸上。它们是科学家们的千里眼和顺风耳，帮助人类时刻关注着这片神秘海域的动态。而大型科考船则是深海探索的移动基地。在这里，科学家们可以集结，共同研究深海的奥秘。它们就像坚固的堡垒，为探索者们提供了一个遮风挡雨的避风港，同时也是深海钻探的重要平台。

深海探索，就像一场无尽的冒险之旅。每一种方式都在为人类揭示深海的神秘面纱贡献力量。在这片广阔而未知的世界里，人类对自然的敬畏和好奇交织在一起，推动着人类文明的不断前进。

60年无人超越的下潜纪录。你知道吗？在1960年，有一位美国海洋摄影师唐·沃尔什和一位瑞士海洋学家雅克·皮卡德，他们一起挑战了马里亚纳海沟，刷新了60年的下潜纪录！他们在水下待了5小时，却只在海底待了20分钟，就测量出了惊人的10916米深度！让人难以置信的是，在这片深不见底的海洋里，他们竟然看到了一条鱼和一只小红虾在优哉游哉地游动！这简直是个奇迹啊！

2012年3月，那个让《泰坦尼克号》和《阿凡达》名扬四海的大导演，詹姆斯·卡梅隆，居然亲自披挂上阵，开着他的深海挑战者号潜水艇，单枪匹马地挑战地球最深处的神秘海域！他可是打破了单人潜水艇的最深下潜纪录哦！这潜水艇可是个巨无霸，高7.3米，重达12吨，就像一个钢铁巨兽！它的承压钢板厚达6.4厘米，结实得让人惊叹。别看它大，驾驶舱却只够一个人舒舒服服地坐着。为了记录下这惊心动魄的冒险，卡梅隆还在潜水艇上装了灯光设备和高清3D摄像机。现在，你就可以在《深海挑战》这部3D纪录片里，一睹他潜水的精彩瞬间。卡梅隆说，在潜艇下潜的时候，他亲眼看到舷窗向内凹陷，那种感觉啊，简直无法用言语形容，太刺激了！

探险家维克托·维斯科沃，完成七大洲最高峰和南北两极的壮丽探险后，觉得这些挑战都不在话下，他决定迎接更大的挑战。于是，他将目光投向了深邃的海洋，制订了一项新的探险计划——在一年内征服"五大洋最深点"。

这次探险，维斯科沃和他的科研团队不仅绘制了深海地图，还收集了珍贵的深海样本。他们研究新发现的地质特征、栖息地测绘、寻找新物种，还深入研究了生物的遗传连通性和对极端海洋环境的适应性。维斯科沃幽默地说，这次探险的难度在近地轨

道漫步和逃离火星之间，毕竟有 12 个人在月球上行走过，但只有 3 个人曾深入地球最深的海底。

维斯科沃的潜水器外形独特，看起来像巨大的白色软垫信封。它的高度达到 3.66 米，重达 12.5 吨。潜水器的三个可视窗口由悬浮在聚合物树脂中的微小陶瓷球制成，这种材料既能够提供浮力又不易破碎。整个潜水器由高度专业化的特殊材料构成，展现出人类科技的无限可能。